# Jagdsaison

Ein mörderischer Reisebericht

Für die Liebe meines Lebens.

Nina Casement

# Jagdsaison

Ein mörderischer Reisebericht

Bibliografische Information der Deutschen Nationalbibliothek:
Die Deutsche Nationalbibliothek verzeichnet diese Publikation
in der Deutschen Nationalbibliografie; detaillierte bibliografische
Daten sind im Internet über dnb.dnb.de abrufbar.

Herstellung und Verlag:
BoD – Books on Demand, Norderstedt

ISBN: 9783752841978

# FREDERIKAS
# REISEROUTE

**Schweden**

Gimegolts
Sörsele

Stensele

Lycksele

Umeå

**Finnland**

Skuleskogen NP

Höga Kustenbron

**Norwegen**

Uppsala

Oslo

Stockholm
Tyresta NP

Vreta Kloster
Linköpin

Skagen

Göteborg

Kalmar
Öland

**Dänemark**

Kopenhagen
Malmö
Foteviken

## 1

Einfach nur weg, das war ihr einziger Gedanke gewesen, wohin, war eigentlich egal. Frederika hatte ihr Konto aufgelöst und, als sie ihre Ersparnisse – immerhin gut 4000€ – in den Händen hielt, fast betäubt nach einem Ziel gesucht. Nach allem, was geschehen war, war ihr das „Wohin" im Grunde gleichgültig gewesen und, wenn sie ehrlich war, auch, ob sie jemals wieder zurückkehren würde.

Doch Spanien, Italien, Kroatien … das hatte ihr zu sehr nach vollem Strand mit Unmengen feuchtfröhlich feiernden Menschen geklungen. Schon beim Gedanken an knutschende Pärchen wurde ihr spontan übel, und so war sie erst einmal etwas ziellos gen Norden aufgebrochen. Ende Februar sollte dort alles, selbst die Strände, etwas leerer sein und ihrem Wunsch nach Einsamkeit entsprechen.

Wohin oder auch nur dass sie unterwegs war, hatte sie niemandem gesagt. Wem auch? Mit ihren, zumeist deutlich jüngeren, Kommilitonen hatte sie kaum Kontakt, die meisten anderen Freundschaften waren über die Jahre hinweg eingeschlafen und die Familie … Nein, an ihre Eltern mochte sie jetzt nicht denken.

Also hatte sie ihre Sachen bei einem Bekannten untergestellt, der ihr einen Gefallen schuldig war, und war dann stillschweigend aus der Stadt verschwunden. Klammheimlich hatte sie sich aus dem Mietvertrag streichen lassen – sollte Christoph doch mal sehen, wie er mit den anfallenden Kosten allein zurechtkam, dachte sie später hämisch. Die Mitteilung des Vermieters würde er bestimmt ignorieren, naiv und faul bis zur Verantwortungslosigkeit, wie er in solchen Dingen gewöhnlich war. Wobei er sich vermutlich auch diesmal irgendwie schadlos aus der Angelegenheit herauslavieren würde, so wie sie ihn kannte. Er hatte schon immer unverschämtes Glück gehabt, ohne jemals etwas dafür tun zu müssen oder es zu schätzen zu wissen.

Erst sehr viel später, unterwegs im Zug, war die Wahl auf Skandinavien gefallen, ohne dass sie genau hätte sagen können, weshalb. Doch allein beim Wort Schweden hatte sich in ihrem Kopf sogleich ein Bilderbuch aus nebelverhangenen Wäldern, zerklüfteten Felsen, abenteuerfilmgleichen Panoramen und schnuckeligen Städten entfaltet, obschon sie noch nie eines der Länder im Norden besucht hatte. So oder so schien es ihr die richtige Gegend zu sein, um den Kopf freizubekommen und die eine oder andere Entscheidung zu fällen. Vielleicht auch, um zu verschwinden und nicht mehr aufzutauchen. Bestimmt gab es dort reichlich abgelegene Gegenden, in denen man sie erst nach Jahren oder Jahrzehnten und lediglich durch einen Zufall entdecken würde. Dann wäre sie ein namenloses, schon halb mit der Natur verwachsenes Skelett. Der Vorstellung wohnte etwas morbide Tröstliches inne.

Die ersten zwei Wochen in Deutschland waren an Frederika – die sich normalerweise selbst bloß Fred nannte, weil ihr der ganze Name viel zu sperrig und altmodisch war – vorbeigezogen. Sie hatte weder von ihnen noch ihrem Inhalt Notiz genommen. Obwohl sie nacheinander in Schwerin, Hamburg, Kiel und Flensburg gewesen war, hätte sie kaum ein Wort darüber sagen können, was sie dort gesehen oder getan hatte, eine Stadt folgte gesichtslos auf die vorangegangene. Schwerin war hübsch und wasserreich, Hamburg dagegen abweisend und verregnet gewesen, meinte sie sich zu erinnern. Mehr blieb nicht hängen.

Was sie sich auch anschaute, wie interessant oder schön ihre Umgebung auch sein mochte, Freds Gedanken blieben zuhause. Drehten sich immer nur um die ganze Verschwendung, die ganze Sinnlosigkeit der vergangenen Jahre. Kaum war sie für einen Moment nicht abgelenkt, schob sich wieder dieses eine Bild vor ihr inneres Auge, das sie so dringend vergessen wollte. Susanne, diesen Judas, kannte sie schon seit gefühlten Ewigkeiten und wusste gar nicht, von wem sie nun enttäuschter sein sollte. Wie, wieso und wie lange das bereits ging, hatte sie gar nicht mehr erfahren, auch seine lächerlichen Entschuldigungen nicht mehr hören wollen. Kannte sie sie doch zur Genüge. Susanne dagegen hatte nicht versucht irgendetwas zu erklären. Vielleicht, weil sie gewusst hatte, dass es nichts gab, das ihr Verhalten tatsächlich gerechtfertigt hätte.

Erst Kopenhagen brachte Besserung. Nach der langen Zugfahrt und einer Nacht in der billigsten Herberge, die sie auf die Schnelle hatte finden können, glaubte Fred zum ersten Mal, ihre Umgebung wenigstens wahrzunehmen. Fast behutsam sah sie sich in der dänischen Hauptstadt um, mit Augen, Nase und Ohren um sich tastend, wie ein Tier, das zum ersten Mal den Zoo verlässt, in dem es aufgewachsen ist. Zwar regnete es die folgenden Tage eigentlich ununterbrochen, doch da Fred nicht gewusst hatte, wohin ihre Reise sie führen oder wie lang sie dauern würde, war sie hervorragend ausgestattet aufgebrochen. Unter der großen Kapuze ihrer feuerroten Regenjacke fühlte sie sich wohl und geschützt, zumal bei diesem Wetter viel weniger Menschen unterwegs waren.

Gemächlich taperte sie nun durch die nassen Straßen und bewunderte das gewaltige Schloss Christianborg, das altmodisch geziegelte Rathaus und, im Kontrast dazu, das futuristische Opernhaus. Grundsätzlich gefielen ihr historische Gebäude, die von längst vergangenen Zeiten zeugten, besser als ihre modernen Nachbarn. Aber gerade war beides interessant anzusehen - um genau zu sein, war alles interessant, das genügte, um sie abzulenken, und sie sog Bilder und Eindrücke in sich auf wie eine Verdurstende das erste Wasser.

Einmal kehrte Fred in ein kleines Café ein, aß langsam heißen Schokoladenkuchen und war glücklich, zum ersten Mal seit langer Zeit einfach gar nichts zu fühlen. Diese Leere, die sie früher als so unangenehm und quälend empfunden hatte, war ihr nun, nach all der Verzweiflung und den kreisenden Gedanken, mehr als willkommen. Bloß den Tivoli, so berühmt er auch war, hatte sie ausgespart, denn dessen farbenfroher Trubel schien ihr in der aktuellen Situation doch etwas zu viel des Guten.

Am folgenden Tag besuchte sie das ebenso schöne wie anrüchige Christiania, ein wenig das Aroma längst vergangener Freiheit schnuppernd. Etwas wehmütig wurde ihr klar, dass sie den anarchistisch–kreativen Stadtteil gerne einmal zu seinen Hochzeiten erlebt hätte und nun wohl nur noch ein Abklatsch dieser Stimmung zu spüren war. Andererseits hätte sie dann vermutlich ohnehin nichts damit anzufangen gewusst, so schüchtern wie sie meistens war und so wenig sie oft mit Menschen umgehen konnte, wenn sie ihr näher kamen. Nebenbei stellte sie fest, dass es in der ganzen Stadt, obgleich so groß, keine echten Hochhäuser zu geben schien. Ein angenehmer Unterschied zu anderen Metropolen. Später schlenderte sie durch Nyhaven, ein pittoreskes Hafenviertel aus alten, bunt gestrichenen Häusern. Am frühen Abend setzte sie sich dort in eine urige Kneipe und nippte vorsichtig an ihrem ersten Bier seit Langem. Was nun?

Lars starrte nunmehr seit Stunden aus dem Autofenster. Er langweilte sich nie dabei, im Gegenteil, er genoss die vorbeirauschende Landschaft, es hatte eine beinahe meditative Wirkung auf ihn. Diese hier gefiel ihm besonders gut, besser als die meisten Gegenden in Italien, Kroatien, Frankreich und all den anderen Ländern, in denen sie bereits gewesen waren. Schon als Kind war er auf langen Strecken nie quengelig gewesen. So wie bei den Ausflügen mit seiner Familie an die Küste. Bei denen war seine kleine Schwester, einem blond gelockten Flummi gleich, spätestens nach einer halben Stunde auf dem Sitz herumgehibbelt, die Geduld aller Mitfahrer mit endlosen Fragen nach Eis, Toilette oder Zielort auf die Probe stellend. Um sie abzulenken, las er ihr vor oder spielte Tiereraten mit ihr, obwohl er sich eigentlich längst zu alt dafür fühlte ... Nein, daran wollte er sich gerade lieber nicht erinnern, ihr süßes, pausbäckiges Gesicht verfolgte ihn ohnehin oft genug in seinen Träumen.

Sowieso fuhr der Ältere fast immer, und wie üblich wäre eine Diskussion darüber vollkommen fruchtlos gewesen. Lars hatte sich daran gewöhnt, ihm zu gehorchen, ohne viele Fragen zu stellen, und war allermeistens sehr zufrieden mit dessen Entscheidungen. Nun blickte er hinaus in die dichten, dunklen Wälder, nur selten unterbrochen von kleinen Wiesen und Äckern, über denen der Morgennebel lag. Auf einem davon entdeckte er drei Rehe, die schlanken Hälse gestreckt, den schmalen Kopf aufmerksam in ihre Richtung gewandt, fluchtbereit. Sie waren auf der Hut vor ihnen, abschätzend, ob sie wohl eine Gefahr darstellen würden. Jederzeit bereit, hakenschlagend das Weite zu suchen. Es gab viel Wild hier, stellte Lars still fest, als sie vorübergefahren waren. Vielleicht sollten sie einmal nach einem Hirsch oder Wildschwein auf die Pirsch gehen. Einfach zur Abwechslung.

Er hatte keine Lust. Also nicht, dass er sonst besonders viel Lust gehabt hätte, aber heute war er speziell schlechter Laune. Das Wetter war scheiße und der tägliche Hustenanfall nach dem Aufstehen war an diesem Morgen fast doppelt so lang ausgefallen wie sonst. Kurz und unmotiviert spielte er mit dem Gedanken, das Rauchen aufzugeben, und meinte es nicht einmal im Ansatz ernst, auch das eine Gewohnheit. Dem dicken Bauch, den Tränensäcken und grauen Haaren im Spiegelbild schenkte er schon lange keine Beachtung mehr. Immerhin trank er nicht – oder zumindest nicht exzessiv – wie so viele seiner Kollegen, tröstete er sich selbst. Obwohl ihm im Grunde auch das egal gewesen wäre.

Im Gegensatz zu denen hatte es ihn auch nicht sonderlich tief ins Ego getroffen, als er vor einem halben Jahr wegen Rückenproblemen und mangelnder Kondition in den Innendienst versetzt worden war. Das ganze „draußen an vorderster Front seinen Mann stehen ..." – nein, das lag ihm definitiv nicht. Er hatte nie wilde Romantik oder Heldentum darin erkennen können. Für ihn hatte der Polizeidienst nie Leidenschaft, sondern immer nur einen sicheren Arbeitsplatz bedeutet. Dazu war es enorm schwer, gefeuert zu werden, was auch ganz nützlich sein konnte. Schon als Junge hatte er weder besondere Begabungen, Talente noch irgendwelche Interessen gezeigt, die ihn für etwas anderes hätten geeignet scheinen lassen. Und auch später in seinem Leben hatte er nie etwas Beeindruckendes abgeliefert, war immer bestenfalls unterer Durchschnitt gewesen und nur eben so weit aufgestiegen, wie es seinem Dienstalter entsprach.

Das Einzige, was ihn zu ernsthaften Emotionen rührte, was er wirklich hasste, waren Krimis. Diese albernen Fernsehproduktionen, in denen junge Polizisten mit dem Scharfsinn eines Sherlock Holmes und der Physis von Unterwäschemodels schlafwandlerisch Fälle von der Komplexität eines Schachspiels lösten. „Verdammte Bullen!", fluchte er lauthals vor der Flimmerkiste, wenn er so etwas im abendlichen Programm sah, und zählte die Jahre bis zur Rente.

Kopenhagen war Fred dann doch rasch zu eng geworden – nach den letzten Wochen merkte sie, wie ihr die frische Luft fehlte, mehr noch der Sport, den sie inzwischen mehr als zwei Drittel ihres Lebens betrieb. Daher hatte sie den Bus nach Nykobing Falster genommen, einer hübschen Stadt mit eindrucksvoller Klosterkirche. Von da aus erwanderte sie die Strände, stapfte über Dünen voller hartem Gras und feinem, weißen Sand und lief auf dem vom Meer nassen, festen Streifen, Kilometer um Kilometer, bis sie endlich außer Atem und frei aller Sorgen war. Fred liebte das Gefühl, wenn ihre Muskeln brannten und sie deren körperlichen Zwang überwand, bis sie den Eindruck hatte, für immer weiterlaufen zu können, zur Not bis ans Ende jeglicher Zivilisation. Einmal entdeckte sie bei einem dieser Läufe einen kleinen, dicken Leuchtturm, sonst störte nicht ein einziges Gebäude ihren Blick. Niemand sonst war wochentags um diese Uhr- und Jahreszeit hier unterwegs. Ein paar Möwen stellten ihre einzige Gesellschaft dar, schrien ohrenbetäubend, glotzten sie aus kleinen, kalten Äuglein an und schienen zu wetteifern, welcher es zuerst gelang, ihr auf den Kopf zu scheißen.

Gerade jetzt musste sie sich beinahe mit Gewalt zwingen umzukehren, wäre am liebsten so lange gerannt, bis ihr Leib kapitulierte und sie zusammenbrach, ohne noch einmal aufzustehen. Bis alles aus ihr herausgeschwitzt war und sie vor Erschöpfung starb, rein und unbeschwert von ihren Erinnerungen. Fast erschrocken von sich selbst schüttelte Fred den Gedanken ab – im gleichen Moment zog eine Schar Gänse hoch über ihren Kopf hinweg in ihr Sommerquartier. Der Anblick und die fernen Schreie stimmten sie wehmütig und traurig, erneut die Frage aufwerfend, was nun weiter geschehen sollte. Zurück konnte sie nicht, entweder noch nicht oder nie.

Schließlich aber reichten ihr die kurzen Ausflüge nicht mehr und sie fuhr hinaus bis nach Skagen. Es hatte noch einen Zoo in Odense zur Auswahl gegeben, über den sie kurz nachgedacht, sich dann jedoch dagegen entschieden hatte. Ihr war nicht nach eingesperrten Tieren zumute – fühlte sie sich doch selbst gewissermaßen gejagt und gefangen genug. Von dem Ort am Strand aber hatte sie in einem zerfledderten, alten Prospekt gelesen und war neugierig geworden, denn dort sollten sich Nord– und Ostsee treffen – das klang spannend.

Als sie dann jedoch mutterseelenallein durch den Sand bis an die Spitze der schmalen Landzunge stapfte, während die Böen herrisch an ihren Haaren rissen, war sie zunächst enttäuscht. Fred hatte zwar nichts Großartiges erwartet, aber eben doch zumindest irgendetwas. Nachdem sie allerdings einige Minuten im schneidenden Wind verweilt und auf die Wellen hinaus gestarrt hatte, wurde ihr bewusst, dass hier tatsächlich zwei Meere ineinanderflossen. Mit einem Mal kam sie sich winzig und unbedeutend vor in Anbetracht von so viel Naturgewalt. Und im Gegensatz zu dem, was sie einmal gelesen zu haben glaubte, fühlte sich das ganz und gar nicht gut oder friedvoll, sondern schlicht mies und einsam an. Sie drehte sich um und lief so schnell zurück, wie sie konnte.

So nett Dänemark ansonsten war – mit seiner flachen, harmonischen Landschaft und den zuckrigen, reetgedeckten Häusern schien es ihr auf eine Art einfach zu brav, ihre Seele sehnte sich nach mehr Charakter, mehr Rauigkeit. Allerdings war bereits fast ein Viertel ihres Reisebudgets aufgebraucht, sie musste dringend sparsamer leben. Egal – wer wusste schon, ob es überhaupt eine Zukunft geben würde, für die sie das Geld brauchen würde? Abends starrte sie lange blicklos auf das halbe Dutzend Europakarten, das sie zuhause relativ wahllos eingekauft hatte. Schließlich entschied sie, ihrem ursprünglichen Ziel treu zu bleiben und zunächst die Fähre über die Nordsee nach Oslo zu nehmen. Danach konnte sie vielleicht nach Schweden übersetzen, mal sehen. „Ich breche auf!", sprach sie entschlossen in die Stille der schäbigen, überteuerten Herberge hinein, die sie – vermutlich aufgrund der Jahreszeit – ganz für sich allein hatte.

Als Fred dann aber in einem weiteren unpersönlichen Hostel auf einer durchgelegenen Matratze saß, die vermutlich schon tausenden Reisenden vor ihr als Schlafstätte gedient hatte, ohne je gewaschen worden zu sein, war sie sich nicht mehr so sicher. Mit sorgenvoller Miene betrachtete sie ihre Finanzen, denen die Überfahrt erneut erheblich zugesetzt hatte – daran hatte sie bei ihrer spontanen Entscheidung gar nicht gedacht. Doch jetzt schon aufzugeben, wieder die Stadt zu betreten, in der sie sich sowieso niemals wirklich heimisch gefühlt hatte oder gar Christoph über den Weg zu laufen, war undenkbar. So weit war sie nicht einmal ansatzweise. Wenn das überhaupt jemals wieder der Fall sein würde. Vielleicht sollte sie das alles gleich sein lassen. Blieb ja immer noch der Preikestolen, sinnierte Fred bitter.

Wenn sie jedoch weiter wollte – und noch wollte sie weiter, dachte sie im selben Moment trotzig – würde sie eine Möglichkeit finden müssen, auf dem Weg Geld zu verdienen und Kosten zu vermeiden. Vielleicht konnte sie auch von nun an trampen und zur Not eben ihr Konto überziehen. Sie schob diese Gedanken zunächst beiseite. Dachte lieber an die Überfahrt auf der Fähre zurück, die schäumenden Wellen und griesgrämigen Matrosen in gelbem Ölzeug, sich vornehmend, nur noch für das Hier und Heute zu leben und jetzt erst einmal in Ruhe die norwegische Hauptstadt zu erkunden.

Sie musste zugeben, dass Oslo sein Möglichstes tat, um sie abzulenken. Fred hatte zuvor gar nicht genau gewusst, was sie von der Stadt, die beinahe zwei Millionen Einwohner beherbergte, zu erwarten hatte. Die sanft geschwungenen grünen Hügel, die süße Altstadt und das Wechselspiel zwischen Tradition und Moderne, das ihr überall begegnete, überraschten sie. Dazu verliefen Meer und Flussläufe an fast jeder Seite – überall glitzerte die Sonne auf sanften Wellen.

Schon das allein liebte sie, verlor sich in endlosen Spaziergängen entlang des großen Fjords oder am hübschen königlichen Schloss und merkte dabei, wie sie zwischendurch vergaß, woher sie kam, was sie hier tat und wohin sie wollte. Einerseits genoss sie dieses Vakuum, weil es sie wenigstens zeitweise von all dem Kummer befreite. Andererseits machte es ihr Angst, denn auch, wer sie eigentlich war, ging ihr in diesen Momenten manchmal verloren. Plötzlich konnte sie verstehen, warum manch einer von einer Weltreise nicht zurückkehrte. Stattdessen hängen blieb oder bar jeden Halts durch ein Land vagabundierte, ziellos, ungebunden und nach einigen Monaten oder Jahren nicht selten mit allerhand eigenartigen Angewohnheiten und Charakterzügen behaftet. Dafür scheinbar ohne Erinnerung an Freunde, Hobbys oder ein geregeltes Leben, weil er all diese Stabilität irgendwann auf dem Weg mitsamt seiner Identität schleichend eingebüßt hatte. Ob auch ihr eine solch seltsame Existenz bevorstand?

In ruhigeren Stunden oder um sich an den langen Abenden abzulenken, las sie englischsprachige Zeitungen und überflog zum ersten Mal seit ihrem überstürzten Aufbruch die Neuigkeiten über Wirtschaft und Politik. Die Welt war in den letzten Wochen die gleiche geblieben: Konzernvorstände und Politiker überboten einander mit Versprechen und Lügen. Unruhen nach einer Wahl in El Salvador. Massenkarambolage auf der A3 – ein Toter, zehn Verletzte. Eine Schlagzeile über zwei Leichenfunde im Westen des Landes. Beide waren an je einem einzigen Schuss gestorben und in den Wäldern eines Nationalparks gefunden worden. Da man keine Gemeinsamkeiten hatte ausmachen können, lag die Befürchtung nahe, es mit einem fehlsichtigen Jäger zu tun zu haben, der illegal außerhalb der Saison seiner Leidenschaft nachging. Bereits im letzten Jahr hatte ein 82-jähriger Unverbesserlicher in Italien für Aufregung gesorgt, nachdem er einige Hunde und sogar einen Jogger angeschossen hatte, obwohl er durch eine Erkrankung nahezu erblindet war.

## 2

Das Letzte war langweilig gewesen. Lars traf nur selten so harte Urteile, doch Dieses hatte es verdient. Es hatte bloß mit großen, verstörten Kuhaugen in die Gegend geglotzt, war ein paar Schritte vorwärts gestolpert und hatte sich dann lethargisch an einen Baum gelehnt, bis er, unter den tadelnden Blicken des Älteren, die Geduld verloren hatte. Er selbst war dementsprechend gleichermaßen enttäuscht gewesen, hatte sich der Wirkung des schönen, zierlichen Körpers aber trotzdem nicht entziehen können. Der Andere wusste darum und hatte ihn mit diesem allein gelassen, wissend, dass Lars von Zeit zu Zeit noch anderen Bedürfnissen nachgeben musste. Jener hingegen schien dergleichen niemals zu brauchen. Vielleicht verfügte er aber auch nur, wie gewöhnlich, über die bessere Selbstbeherrschung.

Fred grübelte noch eine Weile unentschlossen, ob sie nicht doch noch länger in Norwegen verweilen und ins Landesinnere aufbrechen sollte. Vielleicht könnte sie einige der atemberaubenden Fjordlandschaften besuchen, sich die Gebirge und Gletschermoränen ansehen, und auch Stavanger und Trondheim hatten den Ruf, sehr hübsch zu sein. Sie haderte ein wenig mit sich, weil ihr im Grunde alle Optionen reizvoll vorkamen. Immerhin – vor ein paar Wochen war es ihr noch unwahrscheinlich erschienen, jemals wieder etwas wollen zu können.

Letztendlich entschied sich Fred dagegen. Es zog sie einfach unwiderstehlich nach Schweden, warum auch immer. Vielleicht als Kind zu viel Astrid Lindgren gelesen? – dachte sie ein wenig ironisch bei sich, und suchte eine Busverbindung nach Göteborg heraus. Bereits die Strecke gefiel ihr ausnehmend gut – die karstigen Küsten und urtümlichen Kiefernwälder sahen genauso rau und verwunschen aus, wie sie sie sich vorgestellt hatte, und sie befand zufrieden, dass es die richtige Entscheidung gewesen war. Die Stadt selbst war beinahe noch schöner, oder wenigstens der Teil von ihr, den sie an diesem Abend in der Dunkelheit bei ihrer Herbergssuche erkennen konnte. Im Finsteren auf die vielen, winzigen Lichter zuzufahren, kam dem Erreichen einer lang ersehnten Oase gleich.

Die Sonne ging im April noch sehr früh unter, und so erschien es ihr, als sei es fast schon Nacht, als sie sich gegen acht Uhr ihr Abendessen aus ein paar Konserven, Nudeln und etwas Gemüse aus dem „Free–Food"–Regalfach zusammenstellte. Mittlerweile hatte sie eine gewisse Routine darin entwickelt, die ihr langsam beinahe natürlich vorkam. Fred aß die Hälfte, stellte den Rest mit Datum und Namen versehen in einen der Kühlschränke und wusste dann nicht, was sie als Nächstes tun sollte, denn müde war sie nach all der Fahrerei noch lange nicht. Die Unruhe trieb sie letztlich vor die Tür, sie hatte Glück und fand eine kleine Bar in der Nähe. Dort setzte sie sich in eine ruhige Ecke, schnappte nach Luft, als sie der Bierpreise gewahr wurde, und beschloss dann, sich trotzdem ein oder zwei zu gönnen.

Heute wollten sich weder Entspannung noch frohe Aufbruchsstimmung einstellen, ganz im Gegenteil. Vielleicht lag es an dem Postkartenständer, den sie in der Herberge gesehen hatte und dem darauf folgenden Gedanken: Es gab niemanden, dem sie hätte schreiben können.

Abgesehen von Susanne hatte sie nur noch oberflächliche Freundschaften, eigentlich eher Bekanntschaften, gepflegt. Nach dem plötzlichen Unfalltod ihrer Eltern in ihrer Teenagerzeit waren die meisten Leute vor ihr zurückgeschreckt, als habe sie eine ansteckende Krankheit. Sie wussten nicht mit ihr umzugehen oder auch nur zu reden, und – wenn Fred ehrlich war – war ihr das immer häufiger sogar zupassgekommen. Kaum war auch nur das Wort „Auto" gefallen, waren alle zusammengezuckt und Fred hatte sich mehr und mehr genötigt gefühlt, jedem um sich herum zu erklären, dass alles in Ordnung war, anstatt trauern zu können.

Später in der Uni waren ihr die meisten Kommilitonen zu jung und albern vorgekommen, diesmal war sie es, die es nicht schaffte, einen Kontakt zu den Anderen aufzubauen. Fred hätte selbst nicht genau sagen können, warum sie so sehr fremdelte. Sie war nicht in dem Sinne ängstlich, aber eben ruhig und - so schien es ihr - immer irgendwie anders als ihre Umgebung gewesen. In einer ihrer Streitigkeiten hatte Christoph ihr entgegengeschleudert, sie sei zu schnell alt geworden, eine geistige Greisin im Mädchenkörper. Vielleicht hatte er recht gehabt. Aber immer noch besser so, als ein kindisches, impulsgesteuertes Arschloch wie er, dachte sie nun unmittelbar wütend.

Mit Susanne dagegen war es von Beginn an einfach gewesen. Sie hatten sich gleich am ersten Tag der Ausbildung zur Tourismuskauffrau kennengelernt und sofort gut verstanden. Gemeinsam büffelten sie für die Prüfungen in der Berufsschule, schimpften über verständnislose Lehrer, rollten die Augen über die diversen Marotten ihrer jeweiligen Chefs. Fred war besonders von ihrem netten, offenen Wesen beeindruckt gewesen. So hatte sich bald eine enge Freundschaft entwickelt, und auch wenn Fred manchmal von der überoptimistischen, leicht weltfremden Art der Anderen genervt gewesen war, hatte sie die unzähligen Gespräche mit ihr doch genossen. Zugegebenermaßen war Susannes Lebensweg auch etwas geradliniger und ohne ernst zu nehmende Schwierigkeiten verlaufen. Trotzdem, man respektierte einander, das war das Wichtigste. Hatte sie wenigstens gedacht.

All das schmeckte umso bitterer, da Susanne auch ihre engste Vertraute gewesen war, ging es um die Schwierigkeiten in der Beziehung zu Christoph. Wie oft hatte Fred sich bei ihr ausgeheult? Wie lange hatte Susanne es ihr verheimlicht? Fred schüttelte den Kopf, sie wollte es nicht wissen, nicht darüber nachdenken und versuchte vergeblich, die finsteren Grübeleien zu vertreiben, als sie zur Herberge zurückkehrte und sich unruhig bis ins Morgengrauen wälzte.

Er schrie vor Entsetzen. Als er erwachte, konnte er das Echo noch an den Wänden verhallen hören. Der Ältere musste ebenfalls wach geworden sein, gab jedoch vor weiterzuschlafen, rührte sich nicht und ließ sich auch nichts anmerken. Lars war ihm dankbar dafür, er hatte auf Schulausflügen genug Spott deshalb ertragen müssen und gerade ausreichend mit sich selbst zu kämpfen, auch ohne den Anderen. Der würde ihn sowieso nicht verstehen, er schien nie unter Albträumen zu leiden, ganz egal, was er tat. Die schrille Stimme seiner Mutter klang noch in Lars' Ohren nach:

„Du bist schuld! Es ist deine Schuld! DEINE SCHULD!!"

Sein ganzer Körper verkrampfte sich unwillkürlich, wehrte sich gegen den gebrüllten Vorwurf, er rang nach Luft. Nein, es war nicht seine Schuld gewesen, das wusste er ganz genau! Er hatte sie gemocht, geliebt und verehrt wie kein anderes Lebewesen auf der Welt!

Zugegebenermaßen, er war vorher schon ein eigenartiges Kind gewesen, so die einhellige Meinung, und er hatte diesem Urteil kaum etwas entgegenzusetzen gehabt. Aber nicht böse. Nicht schlecht, glaubte er zu wissen. Und seine Schwester hatte immer die besten Seiten seiner selbst zum Vorschein gebracht und ihn ebenso mühelos wie unwissentlich zu einem beinahe schon liebenswürdigen Jungen gemacht. Sie liebte ihn heiß und innig, und in ihrer Gegenwart war er nichts als der große Bruder gewesen, der Beschützer, der Gute. Manches Mal sogar heldenhafter Retter, wenn die älteren Kinder sie geärgert hatten oder sie sich nicht mehr allein von dem großen Klettergerüst heruntergewagt hatte. Wäre sie nicht ... Wer weiß, vielleicht wäre dann auch mit ihm alles ganz anders verlaufen.

Nicht, dass das eine Entschuldigung sein sollte, aber ein Lebewesen zum Lieben hätte sicher nicht geschadet. Und sie war sein persönliches Wunder gewesen. Lars wusste sehr gut, dass solche Gedanken keinen Sinn hatten und ihn nur quälten, also stand er auf, warf sich im Badezimmer händeweise eiskaltes Wasser ins Gesicht, das eigene, fremde Antlitz im kalten Neonlicht betrachtend. Der junge Mann wollte nicht wieder ins Bett, um sich dem Grauen seiner Träume auszuliefern, lief stattdessen eine großzügige Runde um den abgelegenen Gasthof und setzte sich schließlich rauchend und frierend auf eine Bank davor, die ersten Sonnenstrahlen erwartend.

Fred fand schnell Gefallen an der kleinen Metropole. Am ersten Tag bummelte sie dick eingepackt, aber bei strahlendem Sonnenschein durch die Göteborger Altstadt und entdeckte einen großen Park, der sich in bequemer Laufweite daran anschloss. Die Frühblüher streckten hier im Norden erst vorsichtig ihre Köpfe aus der Erde, trotzdem war er bereits eine echte Pracht. Es gab verschlungene kleine Wege, Miniaturwälder und einen felsigen Hügel mitten darin – man hätte sich fast verirren können. Sie ahnte, dass es hier im Sommer noch schöner war und flüchtete in die großen Gewächshäuser, als sich die Wolken über ihr zuzogen. Drinnen war es tropisch warm und verwunschen wie im Urwald, es roch sogar exotisch–süß. Fred hatte schon seit ihrer Kindheit ein Faible für Glashäuser und Dschungelgewächse. Besonders faszinierten sie die fleischfressenden Pflanzen mit hängenden Kelchen, so groß wie kleine Teekannen und die Seerosenblätter mit mehr als einem Quadratmeter Durchmesser. Aber auch die bleiche, eigenartige Wüstenvegetation ein Haus weiter hatte ihren Reiz.

Tags darauf besuchte sie das Schifffahrtmuseum, ein schwimmendes Sammelsurium echter, begehbarer Schiffe verschiedenster Sorten, darunter ein knallrotes Feuerwehrboot, ein klaustrophobisch enges U–Boot und ein großer Zerstörer namens „Småland". Letzteren fand Fred besonders spannend, und sie verbrachte einige Stunden damit, sich alles anzusehen. Das glatte, pech-schwarze Unterseeboot dagegen verließ sie recht schnell wieder. Die Vorstellung, nur durch wenige Zentimeter Metall von Abermillionen Litern eisigem Wasser über ihr getrennt zu sein, war ihr nicht geheuer. Direkt da-hinter schloss sich ein moderner Frachthafen an, der den Gefährten heutiger Zeit Landeplatz bot, wobei ab und zu eines der rotblau gestreiften Kranschiffe vor-überglitt, so gigantisch, dass sich selbst der Kreuzer wie ein Spielzeug dagegen ausnahm.

Die Beschäftigungstherapie half: Abends bemerkte sie freudig überrascht, dass sie seit dem Aufstehen nicht mehr an Christoph gedacht hatte. Vielleicht ging es ihr ja wirklich langsam besser? Oder ließ sie sich bloß von einer vorübergehenden Stimmungsschwankung hinters Licht führen?

Es war spät, als sie in dem kleinen, abgelegenen Hostel eincheckten. Sie schliefen nur in Herbergen, Motels oder auf Campingplätzen, denn dort nahm man es mit den Personalien weniger genau und das halbe Dutzend gefälschter Ausweise, das jeder von ihnen bei sich trug, hielt einer oberflächlichen Prüfung durchaus stand. Der Ältere bezahlte, wie immer, es handelte sich um eine unausgesprochene Abmachung, dass er für die Kosten ihrer Reise aufkam. Bloß wenn Lars etwas für sich allein haben wollte, Zigaretten oder Süßigkeiten etwa, musste er es selbst finanzieren.

Einmal mehr stellte er bei diesem Anlass fest, dass sein Wissen über den Reisebegleiter mühelos auf einem einzigen Blatt Papier unterzubringen gewesen wäre. Und das, obgleich sie einander nun schon seit gut sieben Jahren kannten. In einem der seltenen gesprächigen Momente des Älteren hatte er erfahren, dass er 50 Jahre alt war, seine Mutter vor nunmehr fünf Jahren verstorben war und ihm ein winziges Häuschen hinterlassen hatte. Es war alt und brachte beim Verkauf keine Reichtümer ein, doch zusammen mit seinem Ersparten war er auf gut 50.000 Euro gekommen, mit denen sie nun diese Reise finanzierten. Und da sie bescheiden lebten, würde es lange reichen. Angefangen hatten sie drei- oder viermal im Jahr mit kleinen Ein- oder Zweitagestouren, für die sie weit gefahren waren, nicht selten bis über die Landesgrenze nach Polen oder Holland. Nach all den kurzen, aufregenden Ausflügen in der Vergangenheit, die jedoch stets einen Blick auf die Uhr beinhaltet hatten, war es eine regelrechte Erlösung gewesen, endlich frei von Zwängen unterwegs zu sein.

Lars selbst war nur mit etwas mehr als einem Zehntel der Summe aufgebrochen, sein Beruf als Maler hatte es ihm nie erlaubt, sehr viel zurückzulegen. Er mochte ihn trotzdem und genoss die Einfachheit und Ruhe bei der Arbeit. Hatte er einen Auftrag, störte ihn meistens stundenlang niemand mehr und er konnte sich währenddessen in Ruhe seinen Fantasien widmen. Außerdem gefielen ihm die Bewegung und die frische Luft – still im Büro zu sitzen, lag ihm nicht – und wenn es sich ergab, tat er seiner Kreativität mit einem hübschen Kringel oder Schwammmuster Genüge. Bevor er die Ausbildung gefunden hatte, wäre er beinahe auf die schiefe Bahn geraten und hatte allerhand Blödsinn angestellt – zu seinem Glück war er nie erwischt worden. Denn dann, daran hatte der Ältere keinen Zweifel gelassen, hätte er ihn niemals mitgenommen.

Einzig der Umgang mit den Kunden fiel ihm schwer, er fühlte sich stets linkisch und unbeholfen, wenn er versuchte, ein Gespräch mit ihnen zu führen. Aber das übernahm zum Glück in den meisten Fällen sein Chef. Bei den Kollegen hingegen war seine stille, zuverlässige Art beliebt, zumal er bereitwillig Überstunden schob, wenn einer der anderen vor Feierabend zu einem Fußballspiel oder seiner Familie wollte. Natürlich bot das für ihn selbst in erster Linie den Vorteil allein zu sein, was er ohnehin seit jeher schätzte. Wenn er darüber nachdachte, war der Ältere der erste Mensch überhaupt seit Katharina, dessen Gesellschaft er tatsächlich genossen hatte. Alles in allem war er zufrieden mit seinem früheren Leben gewesen. An der Oberfläche jedenfalls.

Den Älteren hatte er in der ganzen Zeit nur einmal bei ihm zuhause besucht, er bewohnte ein einsames, kleines Gehöft, etwa 60 Kilometer von Schwerin entfernt, in einer winzigen Ortschaft namens Dobbertin. Die malerische Lage, umgeben von Naturschutzgebieten und Seen, hatte Lars beeindruckt. Die Landschaft war so schön, dass es schwerfiel, nicht auf der Stelle wandern gehen zu wollen. Das Innere des Hauses jedoch hatte den jungen Mann überrascht. Er wusste nicht, wie er es sich vorgestellt hatte – vermutlich hatte sein Kopf ungewollt das eine oder andere Klischee bedient – so eng, düster und kleinbürgerlich, wie es war, jedenfalls nicht. Weder geblümte Vorhänge noch Cordsofa oder röhrender Hirsch vor Herbstwald an der Wand fehlten. Im Vorgarten stand sogar ein potthässlicher Gartenzwerg mit Pfeife. Betrachtete man die spießige Stube, hätte man nicht erahnen können, was sich hinter dieser sorgsam konstruierten Fassade verbarg.

Die vielen, gut bestückten Bücherregale hingegen passten wieder zu ihm, der keinen Hehl daraus machte, großen Wert auf Bildung zu legen und neben dem Lars sich immer automatisch etwas primitiv vorkam. Den größten Teil seiner Wohnung nahm jedoch der Beruf des Anderen in Beschlag: Er restaurierte historische Möbel. Ein Schuppen, die zur Werkstatt umgebaute Garage und zwei Zimmer waren angefüllt von unzähligen Stühlen, Sesseln, Kommoden, Schränken, Tischchen, Lampen … Dazu kamen Holz, Stoff, Leder und

Werkzeug in rauen Mengen. Er schien von der Tätigkeit ein gutes Auskommen zu haben und wirkte stets ausgeglichen - Lars konnte sich denken, dass sie zu seiner isolationistischen, perfektionistischen Art passte. Viel mehr hatte der Ältere nie preisgegeben, vielleicht deshalb musste sich Lars gegen die Vorstellung wehren: Der Mann kam in seinem Leben einem Vater trotzdem noch am nächsten.

Als nächste Etappe hatte Fred Malmö ausgewählt, nun zum ersten Mal trampend, wenn auch anfangs ein wenig nervös. Bald jedoch merkte sie, dass es sich bei ihren Mitfahrgelegenheiten meistens um pendelnde Geschäftsmänner oder einkaufende Hausfrauen handelte – perverse Serienkiller schienen dagegen seltener zu sein, als das Fernsehprogramm weismachen wollte. Trotzdem, kam ihr jemand auch nur ein wenig eigenartig vor, trat sie zurück und nahm lieber eine längere Wartezeit in Kauf, anstatt einzusteigen. Vielleicht sterben zu wollen war eine Sache, vergewaltigt im Straßengraben zu landen eine ganz andere.
In der Küstenstadt angekommen, war sie fast schon enttäuscht, denn der Ort war ihr zu sanft, zu nichtssagend, sodass sie kaum mehr als einen Tag verweilte, um dann rasch weiterzuziehen.

„Andersson!!" Die Stimme seiner Chefin versetzte sein Trommelfell in nie zuvor gekannte Schwingungen. Karl Andersson war schleierhaft, wie sie diese Tonlagen ohne eine Ausbildung zur Opernsängerin erreichte.

Egal, was auch immer sie wollte, er würde nicken, geschäftig tun und dann unauffällig zur Tagesordnung übergehen. Im Gegensatz zu seinen Kollegen war er nach seiner Versetzung in den Innendienst keiner speziellen Abteilung zugeordnet worden, sondern einem halben Dutzend gleichzeitig. Er war sozusagen ein Mädchen für alles in Sachen Büro, oder, wie ein Diensthabender hämisch grinsend bemerkte, eine „Sekretärin in Uniform". Er hatte nur die Schultern gezuckt. Wenn ihn seine Chefin nicht gerade auf dem Kieker hatte, war der Job eine ruhige Angelegenheit, und das gefiel ihm am besten.

Karl hatte einen eigenen, wackeligen Tisch in einem Kabuff, das nur durch eine Drahtglaswand vom großen zentralen Aufenthaltsraum getrennt war – aber es gehörte eben ihm allein. Die Deckenplatten lösten sich zwar an einigen Stellen ab und beglückten ihn von Zeit zu Zeit mit kleinen Putzkrümeln, aber dafür hatte es ein Fenster. Auf seinem knarzenden, klebebandgestützten Schreibtisch hatte er links einen großen, rechts einen kleinen Stapel Papier vor sich liegen. Von Tagesbeginn bis Feierabend beschäftigte er sich damit, eine Akte von links herunterzunehmen, zu erledigen, was darin zu erledigen war, und sie dann zu seiner Rechten zu platzieren. Von dort aus wanderte sie entweder ins Archiv, zu irgendeinem Kollegen oder zurück nach links.

Bei ihm landeten in erster Linie unverdächtige Vermisstenanzeigen, aber auch Zeugengesuche, internationale Anfragen und anderer Kleinkram, zu dem sonst niemand Lust hatte, inklusive eines Haufens Telefonanrufe, die nirgendwo wirklich hingehörten. Nahezu jeder Beamte im Haus, der etwas zu tun hatte, das stupide, eintönig oder schlicht überflüssig war, nutzte Karls Kabuff als praktische Ablage.

Das erste Dokument, das er heute in die Hand bekam, beschäftigte sich mit einem abgängigen Teenager mit einschlägiger Vorgeschichte Ladendiebstahl, Sprayen und den Besitz kleiner Mengen Marihuana betreffend. Die Tatsache, dass seine Eltern eine geschlagene Woche gebraucht hatten, um sein Verschwinden ernst zu nehmen, und dann nicht einmal nüchtern auf dem Revier erschienen waren, ließ Karl erahnen, warum der Spross das Weite gesucht hatte. Er telefonierte ein wenig herum, ahnte aber, dass der Junge nicht gefunden werden würde, wenn er nicht gefunden werden wollte. Noch so eine verlorene Seele.

Wer weiß, wenn er nicht Bulle geworden wäre ... er hätte nicht ausgeschlossen, selbst einmal Teil irgendeines Stapels zu werden. Auch wenn unwahrscheinlich war, dass ihn überhaupt je jemand vermisst hätte. Warum auch.

Bei der zweiten Verschwundenen des Tages handelte es sich um eine junge Frau, hübsch, wie er dem beiliegenden Foto entnahm. Sie wurde erst seit zwölf Stunden vermisst, daher wäre die Anzeige normalerweise gar nicht entgegengenommen worden. Doch ihre Mutter war so verzweifelt gewesen. Sie erklärte, dass es gar nicht zu ihrer Tochter passe einfach die Arbeit zu versäumen, nicht in der Wohnung zu sein und auch sonst nicht erreichbar, ohne jemandem Bescheid zu sagen, also hatten sie sich ihrer erbarmt. Und dazu war er schließlich da.

Der Inhalt der dritten Akte drehte sich um einen Autounfall auf der Fernstraße 25 nach Ljungby. Der Verursacher war geflohen, die Zeugen hatten weder Nummernschild noch Fahrzeugtyp erkennen können. Nun setzte man alle Hoffnung in zwei männliche Insassen eines dunklen Pick–ups, der vor Ort gesehen worden war, und dessen Fahrer vielleicht genauere Angaben würde machen können. Die Akte kam eigentlich aus der Verkehrsabteilung, doch die waren mit ihren Ermittlungen in einer Sackgasse gelandet und sowieso wie gewohnt unterbesetzt. Karl bereitete eine entsprechende Suchmeldung mit der Bitte um Mithilfe vor und schickte sie raus.

Üblicherweise betrieb man keinen solchen Aufwand wegen eines simplen Verkehrsunfalls, doch hier war ein Familienvater dreier Kinder zu Tode gekommen, das wog schwer. Nachdem auch das erledigt war, beschloss er, dass er nun Mittagspause hatte. Karl packte Zigaretten sowie Brotdose mit labberigem Sandwich ein und stieg ächzend die Treppen zum hässlichen Flachdach des Gebäudes hinauf, wo ihm niemand auf die Nerven ging, während er rauchte.

## 3

Lars war nervös. Er hatte längst gelernt, es zu verbergen, schon um sich nicht vor dem Älteren zu blamieren, aber insgeheim war er nach wie vor jedes Mal aufgeregt wie ein Kind am ersten Schultag. Sie legten es nie darauf an, fuhren einfach nur herum – es zu erzwingen lag nicht im Wesen des Älteren, er achtete sorgfältig darauf, dass sie kein zu großes Risiko eingingen. Lars mochte diese Eigenschaft, er wusste, dass er seine eigene, ungeduldige Natur zügeln musste, wollte er so weitermachen, und fühlte sich bei dem Älteren gut aufgehoben.

Doch diesmal hatten sie Glück: Die Frau lief zügigen Schrittes die Landstraße entlang, außer Sichtweite jeder Behausung, angreifbar und ungeschützt. In regelmäßigen Abständen warfen die Straßenlaternen ihren fahlweißen Schein auf die Fahrbahn. Durch das offene Autofenster konnte Lars ihre Absätze leise auf den Asphalt schlagen hören. Es war gerade erst 23 Uhr, doch alltags und in dieser abgelegenen Gegend war schon lange fast niemand mehr unterwegs. Vielleicht war sie mit einer Freundin verabredet gewesen, vielleicht hatte sie sich das Taxi sparen wollen – Schweden galt immerhin als eines der sichersten Länder der Welt. Sie war schön, stellte Lars erregt fest. Eine feste, schlanke Figur und lange, sehr weich aussehende Haare. Dann duckte er sich gehorsam unter den Sitz, machte sich klein, damit sie nicht sehen konnte, dass sich mehr als ein Mensch im Wagen befand.

Sie fuhren an ihr vorüber, ohne das Tempo zu verändern, und blieben zwei Kurven später an einem adäquat erscheinenden Gebüsch stehen, dort stiegen beide aus. Während sich Lars dahinter versteckte, fuhr sich der Ältere mit perfekt einstudierter Geste der Verzweiflung durch die kurzen, grauen Haare, sobald sie in Sichtweite kam, bevor er begann, umständlich das Warndreieck aus dem Wagen zu kramen.

Es funktionierte – wie immer – hervorragend, sie verlangsamte erst ihren Schritt, blieb dann neben ihm stehen und fragte mit glockenheller Stimme, ob er Hilfe benötige. Ihre ganze Aufmerksamkeit galt dem Älteren, Lars trat lautlos hinter sie, setzte ihr geschickt die vorbereitete Spritze, sie zuckte kurz zusammen und er fing sie auf, als das Ketamin zu wirken begann. Alles ging viel zu schnell, als dass sie irgendeine Chance zur Gegenwehr gehabt hätte. Beinahe zärtlich rollte er ihren schlaffen Körper in dem verborgenen Stauraum zwischen Rücksitzen und Ladefläche zusammen. Sicher wie ein besonderes Geschenk, das sie sich später machen würden.

Fred war aus Malmö aufgebrochen, ohne genau zu wissen, wohin es sie als Nächstes zog. Zunächst besuchte sie ein Wikingerreservat namens Foteviken ganz in der Nähe. Von außen hatte sie erst geglaubt, es würde sich nur um eine Art kleines Museum handeln, tatsächlich aber hatte man hier eine ganze Siedlung detailgetreu und liebevoll rekonstruiert. Die Bewohner setzten sich sowohl aus dauerhaft Ansässigen als auch aus Touristen zusammen. Alle mussten sich an die vorgegebene Hierarchie und das Thing halten, sie schienen die Sache sehr ernst zu nehmen. Fred war hin und weg vor Begeisterung, als sie sah, mit wie viel Mühe alles möglichst originalgetreu gestaltet war, von der Dämmung und Verzierung der Häuser über geschnitzte Spielbretter bis hin zu Nähnadeln aus Horn. Es gab Wohnhäuser und Vieh, die meisten hier schienen ein Handwerk zu betreiben – sie sah Fischer, Grob- und Feinschmiede, Schnitzer und Weber.

Danach allerdings stand sie wieder ein wenig in der Leere, was sich jedoch überraschenderweise gar nicht so schlecht anfühlte. Wie um sie zu bestätigen, hatte sie unvermutet Glück: Bereits nach zwei Stunden im eisigen Regen wurde sie mitgenommen. Und nicht nur das, das nette Pärchen Mitte 30, in dessen Saab sie sich nun aufwärmte, bot ihr sogar Unterkunft an. Ihre Ferienhütte am Ivösjön–See nahe Kristianstad sei sowieso viel zu groß für zwei, wenn sie sich ein wenig am Haushalt beteilige, könne sie gerne mitkommen, die Gegend sei wirklich wunderschön. So viel Gastfreundschaft und Herzlichkeit war eine ebenso angenehme wie ungewohnte Überraschung. Fred willigte ohne zu zögern ein, wenn auch insgeheim erstaunt über sich selbst. Ob das Paar ihre Geschichte von der Studentin, die die Welt kennenlernen wollte, glaubte oder nicht, wusste sie nicht, aber die Aussicht auf dichte Wälder und eine Holzhütte am See war überaus verlockend.

Tatsächlich war „die Hütte", wie die beiden ihr Feriendomizil nannten, ein wuchtiges, gepflegtes Blockhaus in Falunrot inmitten eines Kiefernwäldchens und nicht einmal 50 Meter vom Seeufer entfernt – Fred war begeistert. Das Innere war sauber und aufgeräumt, sie bekam ein eigenes Schlafzimmer mit dicker, karierter Bettwäsche sowie einem Handtuch, und konnte den beiden gar nicht genug danken. Ole und Mareike, ihre Gastgeber, erwiesen sich als stets freundlich und um sie bemüht, sodass es ihr fast vorkam, als nächtige sie bei einer Gastfamilie. Im Gegenzug kümmerte sie sich um ein warmes Abendessen, den Abwasch, das Schlagen von Holz für den großen Ofen und alle anderen Kleinigkeiten, die anfielen – was ihrem Bewegungsdrang sehr entgegen kam. Viel gab es sonst eigentlich nicht zu unternehmen.

Langeweile kam jedoch trotzdem nicht auf, denn sie verbrachte den überwiegenden Teil ihrer Freizeit am See. Dieser war ebenfalls viel größer und sogar noch malerischer, als Fred ihn sich vorgestellt hatte, umgeben von sich abwechselnden Wäldchen und Wiesen. Nur wenige, weit entfernte Hütten waren von hier aus zu sehen, und da kein Wölkchen über den Schornsteinen stand, ging sie davon aus, dass zurzeit keine von ihnen bewohnt war. An den Ufern wuchs Schilf zwischen hellem Kies und sie entdeckte, dass das Wasser an vielen Stellen glasklar war, sodass sie bis auf den Grund sehen konnte, als Ole sich anbot, ihr das Angeln beizubringen. Erschöpft von der Arbeit und ihren stundenlangen Waldläufen ging sie abends früh zu Bett, höchstens noch die Energie für gelegentliche Kartenspiele mit dem Paar oder einige Seiten im mitgenommenen Roman aufbringend.

Nach einigen Tagen fühlte Fred sich langsam, als sei sie angekommen, und entspannte sich. Oft blieb sie keuchend auf einem der kleinen Waldpfade stehen, sog die süße, kühle, feuchte Luft in ihre Lungen und dachte, dass es ruhig ewig so weitergehen könnte. Gleichzeitig war ihr natürlich bewusst, dass das eine Illusion war.

Ihre Gastgeber waren bislang so zurückhaltend gewesen, dass Fred zwischenzeitlich beinahe vergessen hatte, dass es sich eigentlich um ein Paar handelte. Als sie in dieser Nacht jedoch aufwachte, um barfuß und verschlafen zur Toilette zu tapsen, entdeckte sie, dass im Wohnzimmer noch Licht brannte. Ohne ein Geräusch zu verursachen, trat sie näher heran und blickte, von unbezähmbarer Neugierde getrieben, durch den Türspalt. Die beiden liebten sie sich unbekümmert und intensiv auf dem großen Sofa. Sie konnte ihren Blick nicht von den ineinander verschlungenen Körpern abwenden, war wie erstarrt. Auf eine Art sahen sie in diesem Augenblick so schön aus, dass es schmerzte: Mareike mit offenem Haar, verschwitzter, milchkaffeebrauner Haut und halbgeschlossenen Augen, Ole mit fast glückseligem Gesichtsausdruck unter ihr, die großen Hände fest um ihre schlanke Taille gelegt. Der Anblick traf Fred wie ein Schlag in die Magengrube.

Im Bruchteil einer Sekunde zogen all die finsteren Erinnerungen, die sie in den letzten Wochen so erfolgreich zu verdrängen versucht hatte, wieder herauf: Christoph auf diesem jungen, dickbusigen Stück, das sich Freundin nannte, ihre braune Mähne in wirren Wellen und Fassungslosigkeit im Blick, als sie Freds Anwesenheit gewahr wurde. In dem zerwühlten Kingsize-Bett liegend, das sie, so wie den meisten anderen Luxus im Leben ihres treulosen Freundes, vom Erbe ihrer Eltern bezahlt hatte. Dabei dominierte zu ihrem eigenen Erstaunen nicht einmal diese letzte, schmerzhafte Szene des Verrats, sondern viel eher Gedanken an all die schwierigen Jahre zuvor. All die kleinen Enttäuschungen, die Pläne und Hoffnungen, so viel vergeudete Lebenszeit raubten ihr vor Schmerz fast die Sinne.

Im Grunde hatte ihre Beziehung vielversprechend begonnen – als sie sich kennengelernt hatten, war Fred gerade erst 20 geworden, und sie hatten sich auf Anhieb nahezu blind verstanden. Sie hatte bis dato nicht allzu viel Erfahrung mit Männern vorzuweisen gehabt, zwar hatte es hier und da eine kleine Romanze oder ein Abenteuer gegeben, bei dem sie sich ausprobiert hatte, etwas Ernsthaftes war jedoch nicht dabei gewesen. Christoph dagegen war von Anfang an keine Affäre gewesen, er war lieb, ungewöhnlich und charmant – es hatte keine drei Monate gedauert, bis sie ihm mit Haut und Haaren verfallen war. Und auch als sie ihm ihre Pläne eröffnet hatte, als sie gemeinsam ihre Zukunft ausgeklügelt hatten, waren sie sich sofort einig gewesen. Wenn sie nun darüber nachdachte, wie naiv sie gewesen war, wurde ihr übel vor lauter Selbstverachtung.

Es hatte ein gleichwertiges Geben und Nehmen sein sollen, das ihnen beiden ihre Träume ermöglichen würde: Fred würde ihre Ausbildung zur Tourismuskauffrau beenden und davon, zusammen mit Christophs magerem BAföG, ihr Leben finanzieren. Dann würde sie Agrarwissenschaft studieren, während er arbeitete. Gern bot sie damals an, die Lücken mit dem zu dieser Zeit noch beruhigend großen, fünfstelligen Erbe ihrer Eltern zu schließen, immerhin würde es ihnen ein gemeinsames, sorgenfreies Leben ermöglichen – das war es ihr wert. Das alles hatte nahezu perfekt geklungen und war am Ende weiter von der Realität entfernt gewesen, als sie je geahnt hatte.

Egal, Fred zwang sich beinahe mit Gewalt, an etwas anderes zu denken, und setzte entschlossen einen Fuß vor den anderen. Sie hatte noch in der Nacht in Windeseile ihre Sachen gepackt, einen Zettel mit ausführlichem Dank an ihre Gastgeber hinterlassen, und sich dann, ohne zurückzublicken, auf den Weg zur nächsten größeren Straße gemacht. Hier stapfte sie nun entlang, die Hände in den Taschen, der Kälte trotzend und entschlossen, nur noch nach vorn zu sehen.

Nach ein paar Kilometern merkte Fred immerhin, dass es ihr tatsächlich langsam besser ging, sie konnte die Vögel zwitschern hören und spürte, wie ein nie gekanntes Freiheitsgefühl über ihr Gemüt schwappte. Sie hatte kein konkretes Ziel und keinen Zeitplan, aber das war egal, denn sie schuldete niemandem Rechenschaft, niemand ging es an wann, wie oder wo sie war oder was sie tat. Unbekannte Ruhe legte sich wie ein sanfter Schleier über ihre Seele. Gegen Nachmittag entschied sie sich, als Nächstes die Insel Öland anzupeilen, denn sie hatte gelesen, dass es sich um einen wahren Diamanten handeln sollte. Also warum nicht? Außerdem gönnte sie auch der Stimme der Vernunft ein paar Minuten, und beschloss, von nun an wirklich konsequent auf ihre Finanzen zu achten, denn langsam empfand sie bei all dem so etwas wie Spaß. Wenigstens hin und wieder, momentweise spürte sie sogar eine regelrechte Gier in sich – auf die nächste Stadt, den nächsten See, das Meer … Dann wollte sie wirklich glauben, dass doch noch nicht alles vorbei war.

Andersson war müde, sehr müde sogar. Es war Freitagabend und außer ihm war niemand mehr hier, sah man von der Nachtschicht ab, die langsam eintrudelte und die Büros übernahm. Normalerweise wäre auch er längst fort gewesen, er hielt wenig von Fleißarbeit und verschwand daher üblicherweise so pünktlich wie irgend möglich. Doch heute war alles schief gelaufen, was hatte schieflaufen können. Erst hatte man ihn mit drei neuen, samt und sonders recht aussichtslosen Vermisstenanzeigen bombardiert, dann war die Telefonanlage ausgefallen und das ganze Revier im Chaos versunken. Ein paar Aktenleichen waren nach wie vor unerledigt geblieben und dringend. Karl wusste, dass er einen Tadel kassieren würde, lägen sie am Montag immer noch auf seinem Schreibtisch, also war er zu seinem Unmut noch hier, obwohl bereits sechs Uhr durch und es längst dunkel war. Papierne Geister starrten ihn mahnend von der Tischplatte aus an, wenigstens die Hälfte davon voller tragischer Geschichten.

Als er endlich heimkam, liefen schon die Abendnachrichten – wie üblich schaltete er den Fernseher ein, bevor er auch nur die Schuhe auszog. In den seltensten Fällen stellte er ihn vorm nächsten Morgen wieder ab. Noch im Mantel ließ er sich ächzend auf dem Sofa nieder und schloss kurz die Augen. Er war 55, zu alt für … eigentlich für alles. Schließlich raffte er sich doch auf, entledigte sich der meisten Klamotten, quälte sich in eine ausgeleierte Jogginghose und ging in die Küche. Der Blick in den Kühlschrank offenbarte ihm, dass er tags darauf würde einkaufen gehen müssen, doch das Eisfach erbarmte sich seiner und gab eine Lasagne frei.

Während er hörte, wie das billige Fett in der Aluminiumschale zu brutzeln begann, blickte er sich gedankenverloren um. Das Licht der kleinen, gelben Funzel an der Decke erhellte den fensterlosen Raum nur unzureichend und verlieh den uralten, grünen Hängeschränken einen noch ungesünderen Anstrich. In der fleckigen Spüle stapelte sich das Geschirr der letzten Tage zusammen mit Kaffeesatzresten, und die klebrigen Wände hatten auch schon bessere Zeiten gesehen. In einer Ecke erhob sich ein Turm aus Pappverpackungen von Fertiggerichten neben zwei leeren Flaschen Jim Beam und einem einsamen Holzstuhl Marke „Ivar". Manchmal bekam er einen Rappel, dann verbrachte er einen Samstag damit, gründlich zu wischen, Staub zu saugen und die Fenster zu putzen – und bereute Letzteres kurz darauf, da das klare Licht dem Rest seiner Wohnung alles andere als schmeichelte. Meistens sah er das alles jedoch gar nicht mehr und wollte es auch nicht sehen. Darin, tatsächlich etwas zu ändern, lag für ihn kein Sinn, für wen auch? Es war zu anstrengend, er selbst der Mühe ohnehin nicht wert und jemand anderen hatte es nie gegeben.

Zurück im Wohnzimmer löffelte er die aromalose Nudel-Tomaten-Pampe direkt aus der Packung und lehnte sich dann seufzend in der Couch zurück, von der er selbst nicht mehr ganz sicher war, welche Farbe sie ursprünglich einmal gehabt hatte. Eine Zeit lang sah er sich, mit einer an Bewusstlosigkeit grenzenden Gleichgültigkeit, eine Dokumentation über Galvanisierung an. Die Flasche Southern Comfort auf dem kleinen Eichenholztischchen vor ihm wurde langsam leichter.

Am Ende schaltete er aber doch auf den Bezahlkanal um – einen der wenigen Luxusmomente, die er sich im Leben gönnte. Vor zehn oder zwanzig Jahren hätte er sich vielleicht noch schäbig gefühlt deshalb, doch diese Zeiten waren lange vorbei. Andersson merkte, wie er sich zu entspannen begann und von Wärme durchflutet wurde, beim Anblick der schönen, athletischen Körper, der nackten Haut und anzüglichen Blicke. Kurz war es leicht zu glauben, dass sie ihm ganz allein galten, der Alkohol half dabei. Für ein paar Minuten vergaß er alles um sich herum, den hässlichen Tag, die vielen, ineinander verschwimmenden Gesichter derer, die irgendwo verschollen waren und sein eigenes, trostloses Leben. Bis zum Ende schaffte Karl es jedoch diesmal nicht, war zu erschöpft nach der anstrengenden Woche und schlief stattdessen, in eine Decke gewickelt, mit geöffneter Hose und einer Hand im Schritt ein.

Fred hatte meistens Glück – bis Kalmar fand sie ausreichend Gelegenheiten für eine Mitfahrt und musste dazwischen nur einmal in einem Motel übernachten. Ihre Fahrer waren allesamt nette Menschen, bloß bei einem hatte sie Pech. Der Mann mittleren Alters wirkte zunächst freundlich: Ein wenig Übergewicht, ein langweiliger Anzug und erste Anzeichen einer Glatze ließen ihn in vor allem durchschnittlich wirken. Doch die Fassade fiel schon nach wenigen Kilometern, als er begann, ihr Komplimente zu machen, erst harmloser, dann zunehmend anzüglicherer Natur. Als sie nicht in seinem Sinne reagierte, deutete er an, dass sie ihm für die Fahrt im Grunde genommen etwas schuldig sei.

Beim nächsten Zwischenstopp schnappte Fred sich ihren Rucksack, entschuldigte sich lächelnd, um zur Toilette zu gehen, versteckte sich dann, sobald sie außer Sicht war, in den Büschen hinter der Tankstelle und wartete geduldig, bis er endlich fuhr. Diese Nacht musste sie zwar frierend in ihren Schlafsack gewickelt auf der Bank des Rastplatzes verbringen, nur ausgestattet mit einer Cola und einem faden Stück Pizza Margherita – doch das war es ihr wert. Seine Blicke hatten Schlimmeres verheißen, und zwischendurch hatte sie es ernsthaft mit der Angst zu tun bekommen und befürchtet, dass er sie nicht aussteigen lassen würde. Sie musste zugeben, dass dieses Erlebnis ihre Reiselust ein wenig gedämpft hatte.

Von der Stadt Kalmar war sie nicht sonderlich beeindruckt, von Schloss Kalmar dafür umso mehr, denn es lag malerisch und mächtig auf einer Halbinsel, ein Bild, dem auch der diesige Himmel nichts anhaben konnte. Das Schloss selbst wartete mit historischen Möbeln und einigen Wandmalereien auf. Nachdem sie das liebevoll eingerichtete Innere besichtigt hatte – denn für Fred war klar, dass sie an dieser Stelle ausnahmsweise nicht sparen wollte – überquerte sie die Brücke hinüber zur Insel.

Auf Öland musste sie den ganzen Vormittag bei strömendem Regen vor dem Touristenbüro warten, das um diese Jahreszeit nur zwei Stunden geöffnet hatte – und das auch nur samstags und sonntags, so gesehen hatte sie noch Glück. Auf ihre Frage nach der günstigsten Unterkunft hin überlegte der Mann hinter der Theke eine Weile, erklärte dann, dass die meisten nur saisonal geöffnet hätten, und empfahl ihr ein privates, kleines Gästehaus im Südosten der Insel. Es lag etwas abseits am Ende einer kiesbedeckten Stichstraße, trotzdem fand sie es problemlos, wollte jedoch fast schon wieder gehen, als sich auch nach dem dritten Klingeln und geduldigem Warten nichts rührte.

Gerade als sie sich allerdings enttäuscht abwandte, hastete eine mollige, mit einer weißen Schürze bestückte Frau aus einem weiteren, leicht hangaufwärts gelegenen Häuschen zu ihr hinab.

„Entschuldigen Sie …", meinte sie, bei ihr angekommen, außer Atem und auf Englisch „… normalerweise höre ich das Läuten oben, aber gerade habe ich Sahne geschlagen. Möchten Sie hier übernachten?"

Fred nickte und nahm dann, angesichts des ihr so offen angetragenen Lächelns, ihren ganzen Mut zusammen: „Wenn es ginge, würde ich gerne dafür arbeiten, anstatt zu bezahlen."

Die Frau mittleren Alters musterte sie kurz skeptisch, doch Fred wusste, dass ihr bodenständiges Äußeres schon so manche Tür geöffnet hatte – so auch diese. Vermutlich sah sie mit der braven, blonden Kurzhaarfrisur und dem knallroten Anorak nicht allzu sehr nach Unruhestifterin aus.

„Komm erst mal rein, wir trinken einen Tee und besprechen das."

Das Angebot nahm Fred gerne an. Drinnen erfuhr sie, dass die Besitzerin Astrid hieß, hauptberuflich Lehrerin war und das Gästehaus nur nebenbei betrieb, außerdem, dass sie zwei noch recht junge Kinder hatte und einen Mann, der oft wochenlang auf Montage war. Im Sommer stellte sie eine Hilfskraft ein, doch außerhalb dieser drei Monate lohnte sich das nicht, da sowieso nichts los sei – nur wenige Gäste verirrten sich zu dieser Zeit hierher.

„Wenn du willst, kannst du dich um die paar kümmern, also die Zimmer fegen, Badezimmer putzen und Bettwäsche mangeln, wenn einer abgereist ist, außerdem morgens das Frühstück rausstellen und die Spülmaschine anwerfen und ausräumen, dann kannst du umsonst hier bleiben. Die Bücher mache sowieso ich. Meinst du, dass du das hinkriegst?"

„Klar!", Fred lächelte dankbar – das klang wirklich nicht nach viel Arbeit.

Astrid schien ihren Gedanken aufgegriffen zu haben, denn sie ergänzte:

„Viel zu tun wirst du nicht haben, um die Jahreszeit habe ich normalerweise höchstens vier Gäste pro Woche, mit einer oder zwei Stunden am Tag kommst du locker hin, vermutlich eher weniger."

Fred war unsicher, ob Astrid ihr das Angebot aus Mitgefühl machte, oder weil sie mit den beiden Kleinen wirklich genug zu tun hatte, aber sie nahm es so oder so gerne an.

Das war tatsächlich viel unkomplizierter, als sie gedacht hatte – erfreut bezog Fred einen sauberen, leeren Viererschlafsaal. Astrid hatte sie darüber informiert, dass zurzeit ansonsten nur ein alter Ornithologe zu Gast sei, den man quasi nie zu Gesicht bekam. „Wie lang willst du eigentlich bleiben?", hatte Astrid am Ende noch gefragt, und sie hatte spontan „Zwei Wochen", geantwortet, im Stillen davon ausgehend, dass sie ja immer noch früher abreisen können würde – niemand zwang sie zu etwas.

Insgeheim staunte sie außerdem über ihren eigenen Mut, denn normalerweise wäre sie viel zu schüchtern gewesen, um derart Abenteuerliches zu wagen. So viel Unverfrorenheit hatte sie sich selbst gar nicht zugetraut. Vielleicht tat ihr diese Reise ja tatsächlich auf mehr als eine Art gut?

## 4

Im Gegensatz zum Letzten hatte ihn dieses hier wirklich bezaubert und ihm außergewöhnlich gut gefallen. Es war sofort losgelaufen, ohne dass sie es hatten aufstören müssen, seine Augen hatten angsterfüllt und riesenhaft gewirkt. Das ganze Lebewesen war so voller Adrenalin gewesen, dass Lars meinte, es riechen zu können und dieses Mal hatte es ihm viel Vergnügen bereitet, sich Zeit zu lassen, es genau zu beobachten und sein Ende hinauszuzögern. Einmal sogar war er unbemerkt so nahe an es herangekommen, dass er gemeint hatte, seinen Atem zu hören, doch er hatte sich noch nicht überwinden können, abzudrücken.

In solchen Momenten vergaß er jede Zeit, hätte es eine Ewigkeit nur still beobachten können. Die ganze Welt schien nur noch auf diese Empfindung, diese Jagd fokussiert zu sein und sich einzig aus den dazugehörigen Gefühlen zusammenzusetzen. Alles andere wurde unwichtig, ja hörte gänzlich auf zu existieren. Es glich einem Rausch. Also hatten sie es diesmal richtig ausgekostet, es eine ganze Weile rennen lassen und Lars hatte den Anblick des geschmeidigen, nackten Körpers genossen. Er kämpfte sogar jetzt, Tage später im Auto, gegen eine Erektion an, wenn er auch nur daran dachte. Besonders, da nach ihrer Abmachung er mit dem Fangschuss an der Reihe gewesen war.

Am Ende war es trotzdem niedergesunken, feengleich, und er hatte sich nur Sekunden zurückhalten können, als er, mit vor Aufregung zitternden Fingern, die glatte, warme Haut berührte. Der Ältere hatte ihm dies vor Jahren gestattet, wenn Lars auch ahnte, dass er seine Leidenschaft eigentlich nicht guthieß, sondern nur still duldete, unter der Bedingung, dass er umsichtig blieb. Lars verstand das durchaus, er hätte sowieso nicht eindringen wollen, aber jedes Mal ein Kondom herauszufummeln, nervte ihn schon ab und zu – er musste zugeben, dass der Ältere recht hatte, er war noch viel zu ungeduldig. Andererseits waren seine Daten nirgendwo gespeichert, er war nicht vorbestraft. Und doch, er vertraute dem Älteren und seiner Erfahrung, allein dass er ein Leben lang unentdeckt geblieben war, sprach für ihn und dafür, dass seine Vorsicht berechtigt war.

Fred merkte schnell, dass sie sich in ihrer Einschätzung grundlegend geirrt hatte – früher abreisen? Kein Gedanke mehr daran, ganz im Gegenteil. Schon nach drei Tagen war sie wie verliebt in die kleine Insel. Sie stellte um acht Uhr morgens bloß Brot, Aufschnitt und Marmelade auf den Tisch, bediente sich dann selbst und hatte zumeist bis zum Abend frei. Am zweiten Morgen kamen noch eine ältere Frau und ein mürrischer Rennradfahrer dazu, denen Fred die Bettwäsche überreichte, ab davon geschah die ganze erste Woche über nichts.
Dafür hatte sie umso mehr Zeit, die Insel zu erkunden und bald festzustellen, dass sie auf einem selten herrlichen Fleckchen Erde gelandet war. Es gab unzählige Schlösser und Burgen: Angefangen mit dem ordentlichen, schneeweißen Schloss Solliden, seines Zeichens

Sommerresidenz der Königsfamilie, bis hin zu malerisch verfallenen Überresten – mehr, als man dem kleinen Strich Land je zugetraut hätte. Dazu schien die ganze Insel mit Windmühlen übersät zu sein, die aussahen, als seien sie einem nostalgischen Film entsprungen.

Noch schöner jedoch war die Natur, die kargen Wiesen und Ebenen der Stora Alvaret, endlose aride Felder voller Moos und Gras, nur unterbrochen von kleinen, kahlen Sträuchern, dass man sich ins Hochland versetzt fühlte. Direkt daneben Sümpfe und Wälder als Kontrast. Bald hatte Fred herausgefunden, dass sie die Fahrräder der Herberge umsonst ausleihen durfte, und nutzte sie reichlich, um die seltsam geformte Insel noch besser zu erkunden. An ihrer breitesten Stelle nur 18 Kilometer messend – jedoch gut das Achtfache in der Länge – hätte sie in wenigen Stunden vom Ost– zum Westufer laufen können. Eingerahmt wurde das Eiland von zwei schlichten, weißen Leuchttürmen, dem Langen Jan im Süden und dem Langen Erik im Norden. Bei ihren Beutezügen nach Bildern wurde sie immer belohnt, entdeckte ganze Felder voller Grabsteine und Menhire, außerdem winzige Bruchsteinhütten, umgeben von stoisch grasenden Schafen.

Auf einer ihrer Touren wanderte sie durch ein Wäldchen und landete unvermutet auf einer menschenleeren, freien Fläche, mit nur wenigen, knorrigen Bäumen und mitten darin einer gerade kniehohen, kreisförmigen Ruine. Ein winziges, verwittertes Schildchen wies sie als „Ismanstorp" aus, die Überreste einer großzügigen Festungsanlage, von der nun nur noch die Umrisse vorhanden waren. Die Sonne ging bald unter, warf ihre letzten Strahlen über Halme und verwitterte Steine, sodass Fred minutenlang atemlos am Rand stehen blieb, um den Ausblick zu genießen. Ein anderes Mal, als sie in den Wäldern unterwegs war, störte sie einen Hirsch auf – glaubte sie wenigstens. Er stand ruhig auf einer Lichtung, starrte sie einige Sekunden lang wie paralysiert an und floh dann, einen hübschen weißen Fleck auf seinem Hinterteil präsentierend.

Als sie an einem weiteren zeitlosen Tag einen ihrer langen Strandläufe an der nicht enden wollenden, flachen, sandigen Küste im Osten, nur unterbrochen von einzelnen Feldern und Höfen, absolvierte, entdeckte sie eine Handvoll kleine Felsen vor der Küste. Der Himmel sah aus wie das Werk eines holländischen Meisters. Sie blickte eine Weile gedankenverloren hinaus aufs Meer. Da bemerkte sie, dass oben auf den Steinen, nur einige Dutzend Meter vom Ufer entfernt, dicke unförmige Klumpen lagen, bei denen es sich um je eine einzelne flauschige Robbe handelte, und musste lächeln.

Nach Ablauf der zwei Wochen bat Fred Astrid noch einmal um dieselbe Frist, was diese ihr gewährte – die freundliche, unkomplizierte Art des jungen Gasts war ihr sympathisch. Dass sie an einem Tag, der zu regnerisch zum Wandern gewesen war, die gesamte Küche aufgeräumt und geputzt hatte, hatte die Entscheidung vermutlich erleichtert. Der Radfahrer und die ältere Frau waren schon wieder abgereist, nur der Ornithologe war geblieben, und so war es nachts oft gespenstig still. An diesem Abend stand sie nackt vor dem hohen

Spiegel im Flur – eine Entdeckung hatte sie nicht zu befürchten, sie wusste, dass der alte Mann ein Zimmer im Erdgeschoss unter ihr bewohnte – und betrachtete sich selbst lange nachdenklich.

Die gewöhnlich kurzen, strohblonden Haare wuchsen ihr langsam über die Ohren und sahen bereits ein wenig chaotisch aus, sie brauchte dringend einen Friseur. Oder sollte sie sie einfach wachsen lassen? Sie hatte schon seit frühster Kindheit keine langen Haare mehr gehabt, aber warum eigentlich nicht? Immerhin war das hier ein neuer Lebensabschnitt. Oder so ähnlich. Blaue Augen starrten ihr fragend aus dem hellhäutigen, ein wenig sommersprossigen Gesicht ihres Konterfeis entgegen. Sie sah an ihrem schlanken, beinahe knabenhaften Körper herab. Dem hatten die nun wieder täglichen Liegestütz und vor allem die vielen Läufe sichtlich gutgetan, denn das letzte halbe Jahr mit Christoph über hatte sie vor lauter Kummer kaum noch trainiert. Blöde Idee – am Ende waren ihr nicht nur Stadt, Wohnung und Mann, sondern selbst der eigene Körper langsam fremd vorgekommen.

Und jetzt? Wer war sie eigentlich? Was sollte sie von nun an tun? So gut es ihr hier auch gefiel, war ihr doch klar, dass es nur eine Übergangsphase sein konnte, aber was dann? Sie fand keine Antwort darauf, und der Gedanke machte sie traurig. Also schob sie ihn rasch zur Seite, zog sich ein großes, altes Schlabber-Shirt über und verkroch sich mit einem Buch im Bett.

Das Gesicht des Älteren wirkte die restliche Fahrt über wie versteinert. Eigentlich hatten sie nur in dem kleinen Lebensmittelladen neben der Bushaltestelle einkaufen wollen, doch dann hatte er den Aushang an ebendieser entdeckt. Im Grunde lediglich ein unauffälliger Druck im DinA4–Format, laut dem Zeugen für einen Autounfall gesucht wurden – doch der Ältere war von da an sichtlich beunruhigt gewesen.

Lars war nicht ganz klar, worin überhaupt das Problem bestand, wusste aber aus Erfahrung, dass er warten musste, bis sein Mentor von selbst bereit war zu sprechen. Ein anderes Verhalten hätte dieser als respektlos empfunden. Erst abends, am schäbigen Tisch eines leeren Doppelzimmers mit Stockbett, war es so weit.

„Das ist nicht gut."

Lars wartete kurz ab, konnte seine Unruhe aber schließlich nicht bezähmen.

„Wieso?"

„Dir sollte klar sein, dass wir möglicherweise aufgeflogen sind und sie nach uns suchen."

Lars blickte ihn verunsichert an.

„Aber die suchen doch nur Zeugen für einen Unfall? Und so was haben wir gar nicht gesehen!"

„Eben. Wir waren zu der Zeit dort und die Beschreibung passt auf uns, einen derartigen Unfall haben wir jedoch nicht bemerkt. Es könnte eine Falle sein. Sie schreiben oft, dass sie Zeugen suchen, wenn sie in Wirklichkeit Verdächtige haben – in der Hoffnung, dass man darauf hereinfällt und sich in Sicherheit wiegt. Du darfst niemals den Fehler begehen, die Behörden für dumm zu halten und zu unterschätzen. Sie legen ihre Karten genauso wenig offen wie wir."

„Aber es könnte doch auch einfach ein Zufall sein?", wandte Lars vorsichtig ein.

„Trotzdem."

Der Ältere schüttelte unwirsch den Kopf.

„Gefällt mir nicht. Wir müssen vorsichtiger sein."

Manchmal war sein Mentor schon ein wenig paranoid und verschroben, stellte Lars insgeheim fest, hütete sich aber, sich etwas von diesem Gedanken anmerken zu lassen. Auch wenn er dessen Befürchtung für übertrieben, ja sogar etwas irreal hielt, wäre es eine ganz schlechte Idee gewesen, etwas davon anzudeuten oder dem anderen gar zu widersprechen. Im besten Fall würde er Lars für einen naiven Idioten halten, im schlechtesten würde sich dieser den Zorn seines Mentors zuziehen. Demzufolge schraubte er später gehorsam mitten in der Nacht neue Nummernschilder an, von denen sie sicherheitshalber ein halbes Dutzend versteckt im Wagen mitführten. Der alten würden sie sich irgendwo zwischendrin, weit draußen in der Wildnis entledigen.

Die nächsten Tage verlebte Fred im selben ruhigen Trott, war viel unterwegs, säuberte und ordnete das große Gesellschaftsspiel- und Bücherregal im Aufenthaltsraum und stromerte über die Insel. Zwischendurch kümmerte sie sich um Zimmer und Wäsche der beiden abgereisten Gäste. Sie hatte sich an ihre eigenen Vorgaben gehalten: Fred gab nicht nur die Pfandflaschen, die sie in der Herberge und beim Wandern fand, ab – zugegebenermaßen in beiden Fällen nicht sehr viele – sondern überwand sich außerdem und fragte in den zwei Supermärkten in ihrer Nähe, ob sie vielleicht abgelaufene Ware haben dürfe.

Die Mitarbeiter reagierten viel freundlicher, als sie anfangs befürchtet hatte, schienen ihre Erklärung von der Weltreise „on the shoestring" zu glauben. Tatsächlich stellten sie ihr sogar von sich aus zweimal in der Woche einen ganzen Korb voller Lebensmittel zusammen, die das Mindesthaltbarkeitsdatum gerade noch nicht überschritten hatten, und für die sie nur einen symbolischen Preis von einer Krone zahlte. Im Tesco legte die junge Frau an der Kasse außerdem jedes Mal augenzwinkernd irgendeine frische Kleinigkeit drauf, sodass Fred in den vier Wochen nahezu kein Geld mehr ausgab.

Nach wie vor faszinierte Fred die Insel von Grund auf, schon weil sie auf kleinstem Raum so viele verschiedene Landschaften zu bieten hatte. Gerade wenn sie glaubte, alles entdeckt zu haben, fand sich doch noch etwas Neues. Besonders die öden Steinfelder im karstigen Angesicht der Stora Alvaret hatten es ihr immer noch angetan – als wäre man unvermutet in der Tundra gelandet. Dazwischen lagen kleine, dichte Mischwälder und der Ancyluswall, eine archaische Flutlinie, kaum sichtbar, wo sie nicht befahren wurde. Fred lief das Eiland auf und ab und konnte sich nicht sattsehen. Sie war froh, trotz allen Unglücks daran gedacht zu haben drei große Speicherkarten für ihre Kamera mitzuneh-men, denn die erste war bereits voll.

Eine weitere Entdeckung dieser Zeit waren zwei gro-ße Freilichtmuseen, wobei das berühmtere der beiden zwar hübsch war, Fred jedoch einen Narren an dem anderen gefressen hatte. Es hieß Burg Eketorp und lag in einer kreisrunden, steinernen Umfriedung – fast ein vollständiges kleines Dorf aus reetgedeckten Langhäu-sern. Fred war besonders fasziniert, als sie las, dass dort experimentelle Archäologie betrieben wurde und Stu-denten sogar versucht hatten, im Winter wochenlang in den teilweise originalgetreu eingerichteten Gebäuden zu leben, um anhand echter Erfahrungen berichten zu können, wie die Umstände damals waren. Kleine, ge-fleckte, haarige Schweine wühlten im spärlichen Gras und verstärkten – vor allem aufgrund der wenigen Be-sucher zu dieser Jahreszeit – den Eindruck, sich tatsäch-lich in einer realen Wikingersiedlung zu befinden. Fred konnte sich kaum losreißen und blieb fast bis zur Dämmerung dort.

Einzig die Nächte waren oft eigenartig. Dann konnte sie die Einsamkeit spüren, und da die Sonne recht früh unterging, blieben mehr Stunden bis zur Schlafenszeit, als ihr lieb waren. Manchmal schien die Stille so schwer auf ihren Schultern zu lasten, ihr regelrecht die Wirbel-säule zu stauchen, sodass sie sich instinktiv duckte. Klar konnte sie sich die Zeit mit Lesen vertreiben, doch hier gab es nur noch ein Buch auf Englisch, das kein Reise-führer war und das hatte sie bereits zur Hälfte durch. Der Fernseher im Aufenthaltsraum rauschte und gab sowieso nur schwedische und norwegische Sender wieder – den Beschäftigungsmöglichkeiten waren enge Grenzen gesetzt.

Oft joggte sie daher aus purer Langeweile zu später Stunde noch ein– oder zweimal um die paar Gebäude. Als sie jedoch heute vor die Tür trat, befiel sie spontanes Unwohlsein. Es war milder als an den Abenden zuvor, ein sachter, warmer Wind wehte und brachte Äste und Blätter zum Rascheln. Doch das war es nicht. Ohne jeden Grund hatte Fred urplötzlich den Eindruck, als lauere dort im Dunkeln etwas Böses, als harre ihrer etwas, das sie weder sehen noch fassen konnte. Eine eiserne Hand hielt sie an der Tür fest, sie vermochte keinen Muskel mehr zu rühren. Unvermittelt war sie sich ganz sicher: Etwas war da im Gebüsch, etwas lauerte. Eine Vorahnung von Grauen, von namenlosem Entsetzen ...

Unvermutet schoss ein kleines Tier, ein Vogel oder eine Maus vielleicht, über den Boden und Fred zuckte so heftig zusammen, dass sie sich den Ellbogen an der Zarge anstieß. Natürlich traf sie exakt den Musikantenknochen – der Arm wurde augenblicklich taub. Aber wenigstens verschaffte ihr der plötzliche Schmerz wieder einen klaren Kopf, sie konnte sich bewegen und nutzte den Umstand für einen strategischen Rückzug. Ok, das viele Alleinsein tat ihr ganz eindeutig nicht gut. „Du wirst langsam ein klein wenig bekloppt.", murmelte sie zu sich selbst und befand eben das im gleichen Moment auch nicht gerade als ein Zeichen ihrer guten geistigen Gesundheit.

Die Mittagsstunden waren, Anderssons Meinung nach, oft die schönsten des ganzen Tages. So auch heute, als sich die übrige Mannschaft entweder auf der Suche nach einer Mahlzeit oder im Fresskoma nach deren Verzehr befand. Zu dieser Zeit herrschte fast unwirkliche Ruhe im Revier Uppsala, nur selten gestört von vereinzeltem Telefonklingeln. Karl lehnte sich soeben entspannt nach seiner Raucherpause in dem ausgeleierten Schreibtischstuhl zurück, den er sein Eigen nannte, als das Faxgerät heftig ratternd einen Haufen Seiten auszuspucken begann. Er ließ sich ein paar Minuten Zeit zur Selbstüberwindung, bevor er aufstand, sich ächzend bückte und die Blätter aufhob. Der Stuhl jammerte herzzerreißend unter seinem Gewicht, als er sich wieder darauf niederließ. Karl war sich sicher, dass er eines Tages unter ihm zusammenbrechen und seinen konturlosen Hintern unsanft auf den Boden befördern würde – bei seinem Glück vermutlich ausgerechnet, wenn seine Chefin gerade vor ihm stand. Unter den Nachrichten fand sich nichts Spannendes, bloß der wöchentliche Schwall Interpol–Anfragen, die meisten davon würden, wie üblich, ins Leere laufen.

Er sortierte die Gesuche rasch durch, darunter Profile von zwei wegen Menschenhandels Verdächtigen, ein weiteres halbes Dutzend Profile von Mitgliedern eines osteuropäischen Autoschieber–Rings und letztlich ein Infoblatt aus Dänemark über einen Jagdunfall. Normalerweise landete so etwas nicht auf seinem Tisch, schon gar nicht über Ländergrenzen hinweg, doch hier bestand die Vermutung, dass ein Tourist für den Todesfall verantwortlich sein könnte, also bekamen es pro forma auch die Nachbarländer.

Andersson starrte eine ganze Weile auf das Blatt, weniger aus Interesse an dessen Inhalt als mehr, weil es ihn vage an etwas erinnerte, das er schon einmal gesehen zu haben glaubte, doch er kam nicht darauf, was es war. Schließlich zuckte er die Schultern – wichtig war es vermutlich ohnehin nicht – sortierte ein, was einzusortieren war und schickte den Rest an die passenden Stellen weiter. Als Nächstes erledigte er die Anfragen von Kollegen: Einige Anrufe, Überprüfung einer Handvoll Autokennzeichen und drei Adressrecherchen. Genug, um eine Pause verdient zu haben! Karl lehnte sich zurück, genoss die Sonne, die, durch den dicken Norwegerpulli, seinen Bauch wärmte, und fragte sich, warum das Leben nicht immer so angenehm und simpel sein konnte.

Fred war unsicher, ob sie froh oder enttäuscht darüber sein sollte, dass nun wieder etwas mehr Leben in die kleine Herberge kam, entschied sich dann aber für ersteres – ein wenig menschlicher Umgang würde ihr sicherlich nicht schaden. So oder so hatte Astrid für den kommenden Tag zwei weitere männliche Gäste angekündigt. Am späten Nachmittag sah Fred einen dunkelgrünen Pick–up in der Einfahrt stehen. Nicht lang darauf wuchteten ein junger, blonder sowie ein älterer Mann mit militärisch kurz geschorenen, grauen Haaren zwei Reisetaschen von der Ladefläche und liefen in ihre

Richtung. Beide wirkten selbst in ihren dicken Funktionsjacken schlank und sportlich, sie vermutete, dass sie das Land zum Wandern besuchten.

Fred hatte bereits zwei ordentliche Stapel Bettwäsche mit Handtüchern zurechtgelegt. Nun begrüßte sie die beiden freundlich, wenn auch versehentlich in der falschen Sprache – nur um bei der Erwiderung überrascht festzustellen, dass es sich ebenfalls um Deutsche handelte. Der Ältere schenkte ihr ein kurzes, eher kühles Lächeln, der Jüngere hielt sich hinter ihm und sah sie kaum an, schielte bloß aus dem Augenwinkel schüchtern zu ihr herüber. Sie strahlte gut gelaunt zurück, führte sie zu ihrem Schlafsaal hinauf und nahm an, dass sie Zeit ihres Aufenthalts nicht mehr allzu viel von ihnen mitbekommen würde.

Sie irrte sich, denn bereits am selben Abend stieß sie in der Küche auf die beiden Männer. Es war Ende der Woche, also einen Tag vor ihrem „Einkaufsgang" zu den beiden Supermärkten, daher waren ihre eigenen Vorräte beinahe aufgebraucht. Dementsprechend neidisch blickte sie zu der großen, würzig duftenden Gemüse–Hackfleisch–Pfanne herüber, während sie selbst unmotiviert in ihren Dosenbohnen rührte. Der Ältere schien es zu bemerken und bat ihr mit ruhiger, freundlicher Stimme eine Portion an – was sie ebenso verlegen wie gerne annahm. Sie zögerte kurz, gesellte sich dann aber doch zu den zwei Gästen, annehmend, dass diese sich schon bemerkbar machen würden, wenn sie sie störte. Früher hätte sie nicht einmal das gewagt, sinnierte Fred kurz erstaunt, sich einfach zu zwei Fremden an den Tisch zu setzen.

Einige Minuten saßen sie nur schweigend beieinander. Dann jedoch stellte sich der Jüngere als Lars vor und reichte ihr die Hand, der ältere Mann tat es ihm gleich, nannte allerdings keinen Namen, was Fred ein wenig eigenartig fand. Aber wer war sie schon, über die Eigenartigkeit anderer Menschen zu urteilen?

Im folgenden Gespräch erfuhr sie, dass die beiden eine längere Reise durch Europa unternahmen, vorwiegend, um sich die Länder anzusehen und jagen zu gehen. Ob denn nicht Schonzeit sei, fragte sie vorsichtig nach, worauf der Ältere souverän antwortete, dass sie sich im Moment aufs Angeln und Besichtigen beschränken würden, deshalb seien sie auch hier.

Außerdem, fügte er an, durfte auf einige Arten, wie Wildkaninchen, ganzjährig gegangen werden und die Saison, beispielsweise für Schwarzwild, begann ohnehin recht früh. Er klang ausgesprochen professionell bei dem, was er erläuterte und man merkte ihm an, dass er sich nicht erst seit gestern mit dem Thema beschäftigte. Währenddessen hörte Lars ihm schweigend und ohne sich einzumischen zu – vielleicht lernte er noch von dem erfahrenen Jäger?

Fred registrierte derweil im Stillen, dass es sich um eine recht lange Reise handeln musste, als der Ältere auch schon etwas von „Sabbatjahr" anfügte. Sie tauschten sich noch ein Weilchen über Belanglosigkeiten aus, wobei sie ihnen den einen oder anderen Ausflugstipp in der Umgebung mitgab, dann gingen alle zu Bett.

Eigentlich war es schön, einmal wieder nette Gesellschaft zu haben, auch wenn sie die Ruhe zuvor durchaus zu schätzen gewusst hatte, dachte Fred zuletzt, und schlief zufrieden ein.

## 5

Lars lag lange wach. Irgendetwas an dem fremden Mädchen aus der Herberge verwirrte ihn enorm, ohne dass er den Finger darauf hätte legen können, was es war. Er mochte sie, fühlte sich wohl in ihrer Nähe - schon das allein war ungewöhnlich genug. Der junge Mann hätte sich selbst als zurückhaltend beschrieben, zumal wenn es um Frauen ging, doch mit ihr hatte er fast schon unbefangen einige Sätze wechseln können. Tatsächlich konnte er sich nicht einmal daran erinnern, wann ihm das zuletzt so leicht gefallen war. Die junge Frau wirkte zurückhaltend und nett, kein bisschen arrogant oder bedrohlich. Sogar der Ältere hatte für seine Verhältnisse nahezu entspannt gewirkt. Etwas war anders als sonst, und das beunruhigte Lars zutiefst. Seine Sorgen trug er hinüber in einen wirren Schlaf, voller verstörender Träume.

Die Sonne brannte erbarmungslos vom türkisblauen Himmel herab, die Luft flirrte und alles befand sich in Hitzestarre an diesem Augusttag. Naja, alles außer Katharina. Die tobte, unbeeindruckt von der Saharatemperatur und quietschfidel, durch das leere Haus, die leicht anarchistische Stimmung ebenso sehr genießend wie Lars. Ihre Eltern waren den ganzen Tag über bei ihren Großeltern im Seniorenstift, und sie hatten das geräumige Gebäude für sich. Sie war, trotz ihrer erst sechs Jahre, ein wildes Kind, dabei aber so charmant und einnehmend, dass man es ihr unmöglich übel nehmen konnte, wenn sie einmal Unsinn anstellte. Selbst seinem sonst phlegmatischen Vater entlockte sie gelegentlich ein Lächeln, was Lars ihr von Herzen gönnte, liebte er sie doch selbst heiß und innig. Gerade allerdings hatte er etwas anderes im Sinn, denn mit dem Aufleben des Internets und seiner Pubertät – immerhin war er vor wenigen Wochen 15 geworden – hatte er eine spannende Entdeckung gemacht: Pornos.

Er hatte sich, wenn auch anfangs begeistert, nicht lange mit den Standardfilmchen aufgehalten, sondern war auf der Suche nach Leidenschaft rasch in andere Kreise abgedriftet, solche, in denen Angst und Schmerz die größte Rolle spielten. Plötzlich ergaben Bilder, die er schon so lange mit sich herumtrug, Vorstellungen, die ihm bereits den ein– oder anderen unwillkürlichen, peinlichen, nassen Fleck in der Bettwäsche eingebracht hatten, einen Sinn. Er hatte geahnt, dass seine Fantasien sich außerhalb der Norm bewegten, ohne wirklich zu wissen, was diese Norm eigentlich ausmachte, und fand nun endlich ein Echo. Sogar andere wie ihn. Ab und zu hatte er sich unbehaglich gefragt, ob er vielleicht verrückt war, die Überlegung aber immer rasch abgebrochen. Und wenn schon. Niemand wusste es, niemanden interessierte es.

Dementsprechend froh war er nun auch, die Eltern weit weg und Katharina im großen Garten spielend zu wissen, um sich ohne schlechtes Gewissen, ohne Angst vor Entdeckung ungestört dieser eigenwilligen, erregenden Welt hinzugeben. Am Ende wusste er nicht einmal, wie viel Zeit vergangen war, machte bloß am tieferen Stand der Sonne aus, dass es sich um eine oder zwei Stunden handeln musste, und lehnte sich erschöpft zurück. Er hatte eine ganze Packung Taschentücher verbraucht, fühlte sich dreckig und auf undefinierbare Art erniedrigt, gleichzeitig aber auch so selig wie nie zuvor.

Katharina. Mit nagendem Gewissen stellte er fest, dass er sie völlig vergessen hatte. Egal, er wusste aus Erfahrung, dass sie sich stundenlang allein im Garten beschäftigen konnte und, genauso wie er selbst als Kind, alles andere um sich herum vergaß. Trotzdem zog er sich an, um nach ihr zu sehen, immerhin hatte seine Mutter – nicht zum ersten Mal – eine halbe Ewigkeit damit verbracht, ihm einzuschärfen, dass er für sie verantwortlich war, solange sie fort waren. Als er aber im Garten stand, überkam ihn ein seltsames Gefühl. Lars rief ihren Namen, brachte jedoch nicht mehr als ein Flüstern zustande. Die erste Angst lief sein Rückgrat hinauf, einer Armee frostiger Ameisen gleich, die unaufhaltsam Wirbel für Wirbel erklommen. Katharina war nirgendwo zu sehen, auch ihr unverwechselbares Kichern hörte er nicht. Vorsichtig setzte er einen Fuß vor den anderen, darauf bedacht, keinen Laut zu erzeugen, ohne zu wissen, weshalb. Trotzdem konnte er nicht vermeiden, dass der Kies harsch unter seinen Schritten knirschte in der ansonsten unwirklichen Stille.

Irgendetwas stimmte nicht, ein lautloser Misston schien in der Luft zu liegen, eine Vorahnung von Grauen, die die Haare in seinem Nacken zu Berge stehen ließ. Dann sah er sie im Teich liegen, mit dem Rücken nach oben, das hellblaue Kleid aufgebauscht um ihren leblosen Körper schwebend wie eine Glocke. Ohne jede Empfindung, einem Roboter gleich, kniete er nieder, zog den leblosen, puppenhaften Körper aus dem Wasser und presste in hastigem Rhythmus ihren Brustkorb zusammen. Sie war ganz blass. Katharina konnte doch schwimmen, der Teich war nicht einmal groß, er begriff es nicht, vermochte es nicht zu begreifen. Erst nach Minuten merkte er, dass er sie anbrüllte. Seine Schwester kam ihm federleicht vor, als er sie an die Brust presste und ins Haus rannte, um dort mit zittrigen Fingern den Notruf zu wählen, längst wissend, dass hier nichts mehr zu retten war. Er küsste ihre kalten Wangen, strich ihr die nassen Haarsträhnen aus der Stirn und merkte, wie er starb.

Dieses Mal schrie Lars nicht, erwachte bloß starr und schwitzend, ihren schlaffen, hilflosen Leib immer noch unter seinen Fingern spürend und bebend vor Entsetzen. Schuldgefühle schwappten über seine Seele wie eine Springflut, löschten jedes Denken aus und ließen ihn sich krümmen. Dankbar, nicht in einem Doppelbett, sondern allein in der unteren Koje eines Stockbetts zu liegen, rollte er sich zu einer Kugel zusammen, unterdrückte ein Wimmern und weinte stattdessen lautlos, den Kopf unter seinem Kissen verborgen. Ihr Gesicht hatte sich in seinen Geist eingebrannt, ein engelsgleiches Antlitz, das ihn auf Schritt und Tritt verfolgte – er ahnte, dass es einst das Letzte sein würde, was er sah.

Tags darauf merkte Fred, dass sie ungeduldig darauf wartete, dass die Zeit verging – und war überrascht von sich selbst. Sie hatte bislang kaum wahrgenommen, dass ihr menschliche Gesellschaft gefehlt hatte, doch nun, da sie den beiden Gästen begegnet war, stellte sie fest, dass sie den Abend geradezu herbeisehnte, und insgeheim hoffte, ihnen erneut beim Essen zu begegnen. Sie erledigte ihre Einkäufe, lief fast 20 Kilometer durch stetigen Nieselregen und hatte Glück: Als sie die Küche betrat, standen die beiden Männer bereits am Herd. Sie begrüßten sie nett und Fred hatte sogleich das Gefühl, dazuzugehören – und das, obwohl sie sich erst gestern kennengelernt hatten! Minuten später saßen sie zusammen am Tisch und die Unterhaltung plätscherte vor sich hin, als hätte sie gar nicht aufgehört.

Alle drei erzählten ein wenig von ihrer Herkunft und ihren jeweiligen Berufen, wobei sich Fred lieber nur auf ihre Ausbildung bezog und insgeheim überlegte, wie die beiden Männer einander wohl begegnet waren, so unterschiedlich, wie sie ihr vorkamen. Die Frage danach erschien ihr dann aber doch zu privat, also schwieg sie dazu lieber. Stattdessen wagte sie etwas Anderes und kam sich dabei erneut sehr mutig vor:

„Was habt ihr denn morgen vor?"

„Nun, wir möchten uns ein paar günstige Plätze zum Angeln ansehen und vielleicht auch die eine oder andere historische Stätte... willst du vielleicht mit uns kommen? Ich bin mir aber nicht sicher, wie spannend so etwas für einen jungen Menschen wie dich ist.", antwortete der Ältere freundlich und sie nickte begeistert.

„Doch, klar, gerne!"

Als Fred in dieser Nacht zu Bett ging, fühlte sie sich zum zweiten Mal hintereinander einfach nur wohl, ohne einen einzigen Gedanken an früher zu verschwenden. Gerade erschien ihr alles so einfach.

Am nächsten Vormittag stieg sie nach dem Frühstück mit den beiden Männern ins Auto und stellte, halb erstaunt, halb belustigt fest, dass es sich vollkommen selbstverständlich anfühlte. Im Radio lief Britpop, sie lehnte sich zurück und merkte, dass es heute endlich wärmer zu werden schien – das wurde ja auch langsam Zeit, eingedenk dessen, dass mittlerweile Juni war. Es machte eben doch einen Unterschied, gut 650 Kilometer nördlich von zuhause zu sein.

Als Erstes besuchten sie eine Meeresbucht namens Grankullaviken im Norden. Lars nahm sich viel Zeit, ihr zu erklären, wo und wie man die besten Forellen fischte, was für Haken und Köder man benutzte, und worauf es seiner Meinung nach noch ankam. Dabei merkte Fred, dass der sonst so stille junge Mann seine Schüchternheit Zeit seiner Erläuterungen völlig zu vergessen schien, sondern stattdessen ruhig und ernst, um Jahre älter als zuvor wirkte. Kaum fragte sie jedoch nach etwas Persönlichem, zog er sich zurück, seine Stimme wurde unsicher und leise, zudem schien er nicht recht zu wissen, wohin er schauen sollte. Als er ihr vorführte, wie man die Rute korrekt auswarf, berührte sie versehentlich seine Hand und Lars zuckte heftig zusammen – sie stammelten beide eine erschrockene Entschuldigung.

Am Nachmittag zeigte Fred den Männern noch das von ihr so geschätzte Freilichtmuseum, das sie angemessen bewunderten, dann fuhren sie heim. Der Ältere hatte sich den ganzen Tag zurückgehalten, wirkte auf sie allerdings trotzdem, als sei er guter Stimmung. Diesmal wurde gemeinsam gekocht, ohne ein Wort darüber zu verlieren – es gab selbstgefangene Meeresforelle. Bald danach ging Fred erschöpft, aber bester Laune zu Bett. Eine Weile lag sie allerdings noch wach, grübelnd, welche Erfahrungen Lars in seinem Leben wohl gemacht haben musste, um derart in sich gekehrt zu sein – allzu positive sicher nicht. Sie fand ihn trotzdem nett, stellte sie, schon im Halbschlaf, fest.

Am nächsten Tag gingen sie zusammen wandern und bestiegen den Leuchtturm an der Südspitze der Insel, von wo aus sich ein wunderschöner Ausblick über ebendiese und das Meer bot. Viel geredet wurde nicht, doch Fred genoss genau diese stille, unaufdringliche Gesellschaft, traurig, dass ihre gemeinsame Zeit so schnell wieder enden würde. Denn morgen wollte sie abreisen, merkte, dass sich ein Teil von ihr danach sehnte, endlich weiterzuziehen, zumal sie zu bezweifeln wagte, dass Astrid sie noch weitere Wochen hier hätte haben wollen. Die Saison begann bald und sie hatte durch die Blume vorsichtig klargemacht, dass sie dann bereits eine andere Hilfskraft engagiert hatte. Als der Abschied kam, war Fred bedrückter, als sie gedacht hatte – weniger der Insel, als vor allem der beiden anderen Gäste wegen. Der Ältere schien es zu merken und schenkte ihr ein kurzes, aufmunterndes Lächeln.

„Wer weiß, unser beider Reisen scheinen länger anzudauern – vielleicht kreuzen sich unsere Wege ja noch einmal."

Lars allerdings zog, kaum dass er die Bemerkung hörte, eine seltsame unwillkürliche Grimasse, die Fred verwirrte. Ihre Überlegung wurde jedoch von einem ihr bereits altbekannten Problem verdrängt: Wann war welche und wie viel Nähe angemessen? Schon seit sie denken konnte, hatte sie Schwierigkeiten damit gehabt zu entscheiden, wann sie welche Fragen stellen oder jemanden als Freund bezeichnen durfte und derartige Situationen immer als kleinen Spießrutenlauf empfunden. Und ganz aktuell hatte sie keine Ahnung, ob eine Umarmung angebracht oder doch schon zu intim gewesen wäre. Schließlich wagte sie es nicht, reichte den beiden nur etwas umständlich die Hand und stapfte davon, ohne sich noch einmal umzudrehen.

Lars hingegen versank in finsteren Grübeleien, kaum dass sie fort war. Er war sich nicht sicher, ob der Ältere eine versteckte Drohung ausgesprochen hatte, hielt es jedoch für möglich – derartige Boshaftigkeit hätte durchaus zu ihm gepasst. Schon weil er wusste, dass er gewöhnlich klüger und gwiefter als sein Gegenüber war und eben das genoss. Lars dagegen stellte überrascht fest, dass die Vorstellung einer Jagd seine Gemütsverfassung ausnahmsweise nicht verbesserte und es ihm plötzlich sehr wichtig schien, dass sie nicht auf diese spezielle Art endete. Die Kleine war freundlich zu ihm gewesen, einfach so, ohne Abstriche oder eine Spur von Arroganz, obwohl sie bestimmt schlauer als er war. Das hatte ihm gefallen, mehr, als er zuzugeben bereit war.

Außerdem hatten sie auf dieser Insel ausnahmsweise tatsächlich nichts vor, abgesehen von Fischen und Wandern – der Ältere nahm seine Mahnung zu Vorsicht und Zurückhaltung ernst – was zwar nett, als Ablenkung jedoch ungenügend war, wie Lars schnell feststellte. So kam es, dass seine Gedanken, gegen seinen Willen, immer wieder in die Vergangenheit drifteten – zurück zu Katharina, meistens aber zu der Zeit danach mit seinen Eltern. Und das, obwohl er nun schon seit vielen Jahren keinen Kontakt mehr zu ihnen pflegte.

Seinen Vater hatte er im Grunde nie wirklich wahrgenommen – und umgekehrt. Es war nicht so, dass er getrunken, extrem viel gearbeitet oder anderweitig Klischees typischer Rabeneltern erfüllt hätte. Er war durchaus anwesend, gleichzeitig aber irgendwie unsichtbar gewesen. Hätte Lars ihm zehn Eigenschaften oder Interessen zuordnen müssen, er wäre schon bei der Hälfte gescheitert. Sein Vater existierte, arbeitete zeit seines Lebens bei einer Versicherung, sein Haar war früh dünn geworden und in seiner Freizeit sah er sich gerne Reisedokumentationen im Fernsehen an oder kümmerte sich um seinen Garten. Mehr wusste Lars nicht über ihn. Im Nachhinein dachte er manchmal, dass der Mann vielleicht einfach nur genauso zurückhaltend und nichtssagend gewesen war wie er selbst. Leider betraf das auch jedwede Gefühlsäußerung. Er konnte sich nicht daran erinnern, seinen Vater je herzlich lachend erlebt zu haben, auch Zeichen von Zuneigung oder Wertschätzung waren Lars verborgen geblieben. Andererseits hatte jener ihn auch nie angeschrien, war grob oder gar gewalttätig geworden.

Ganz anders seine Mutter. Hatten sie sich schon vor Katharinas Tod nicht gut verstanden – sie hatte keinen Hehl daraus gemacht, dass sie eigentlich zwei Mädchen hatte haben wollen – war das Verhältnis danach endgültig ins Desaströse abgeglitten. Er hatte sie von Kind an als strenge, unnachgiebige Frau erlebt, die keine Verfehlungen duldete. Wagte er Ungehorsam, fing er sich schnell eine Ohrfeige, in seltenen Fällen griff sie sogar zu dem schmalen, geflochtenen Damengürtel aus dunkelblauem Leder, den er jetzt noch schaurig detailgetreu vor Augen hatte. Hatte sie ihn damit bearbeitet, hatte er den halben Tag nicht mehr sitzen oder sich anlehnen können, so sehr brannte die Haut auf Po und Rücken. Manchmal betrachtete er die Marmorierung aus dunkelroten Striemen im Spiegel und kam sich fremd vor in seiner eigenen Haut.

Seine Mutter führte den Haushalt mit harter Hand, es war schwer gewesen, ihr etwas recht zu machen, und wenn doch, konnte man – zumindest aber er – mit keinem Lob rechnen. Meistens war er daher froh, wenn sie ihm einfach nur Ruhe gönnte, mehr verlangte und bekam er ohnehin nicht. Was er in seiner Freizeit tat, interessierte sie nicht, solange alles sauber und ordentlich war, die Zensuren stimmten und sich die Nachbarn nicht beschwerten. Einzig Katharina schien ihr Herz zu erweichen, sie wurde nicht verwöhnt, doch ihr gegenüber hörte Lars nie ein böses Wort. Auch wenn sie keine Zärtlichkeiten zu erwarten hatte, Schläge hatte sie ebenfalls nicht zu befürchten – wäre es anders gewesen, so hatte Lars sich geschworen, sie zu beschützen.

Denn seine Schwester Katharina war von ihrer Geburt an sein Sonnenschein gewesen. Schon das winzige, weiche Ding, mit den riesenhaften, hellblauen Augen, das seine Mutter aus dem Krankenhaus heimgebracht hatte, hatte ihn unwiederbringlich verzückt. Jene hingegen hatte ihr Verhältnis stets misstrauisch beäugt, ihm Eifersucht, ja später einmal sogar Mordgedanken unterstellt, obwohl doch genau das Gegenteil der Fall gewesen war. Rasch entwickelte sich ein enges Verhältnis zwischen den beiden Kindern, sie waren beinahe unzertrennlich. Kaum kehrte Lars aus der Schule zurück, galt sein erster Gedanke seiner kleinen Schwester und er knuddelte sie, sobald die argwöhnischen Augen ihrer Mutter von ihnen ließen. Katharina wiederum sah zu ihm auf und revanchierte sich mit eben jener bedingungslosen Hingabe, die nur liebevollen älteren Geschwistern zuteilwird. Am liebsten hängte sie sich an einen seiner Arme, ließ sich jubelnd von ihm hochheben und attestierte ihm in der Folge immer, 'superstark' zu sein – eine Erinnerung, die ihm jetzt noch jedes Mal zuverlässig die Tränen in die Augen trieb.

Nach ihrem unglückseligen Tod war sein Vater endgültig in Lethargie und sich selbst ertrunken, tatsächlich sprach er zuhause manchmal tagelang nicht einen Satz. Die Welt um ihn herum war in undurchdringlichem Schweigen versunken. Überhaupt war über Katharina niemals wieder ein einziges Wort verloren worden – es sei denn, um ihn zu demütigen – als habe sie nie existiert. Gleichzeitig explodierte seine Mutter geradezu vor Hass. Sie ließ nicht einen Tag aus, um ihm zu verdeutlichen, dass all das seine Schuld war, dass er die Familie zerstört hatte, indem er seine Schwester ermordet hatte. Nicht, dass er das nicht gewusst hätte.

Denn es gab keinen Tag, an dem er nicht selbst von seinem Zimmer aus auf den Teich hinaus gesehen und sich an ihrer statt den Tod gewünscht hätte. Seine Mutter prügelte manches Mal auf ihn ein, bis er blutete und er wehrte sich nicht – obschon ihr längst körperlich überlegen – denn kein körperlicher Schmerz konnte schlimmer sein als dieser Verlust. Ihr wutverzerrtes Gesicht wurde sinnbildlich dafür, er hätte bis jetzt jede Einzelheit darin zeichnen können, so oft hatte er es gesehen. Als er 18 geworden und eine Lehre begonnen hatte, hatte er sein Elternhaus beinahe fluchtartig verlassen, doch die unendliche Verachtung für sich selbst hatte er mitgenommen.

## 6

Der Sommer brach nun geradezu schlagartig herein, sodass Fred das Gefühl hatte, übergangslos von dicker Jacke zum T-Shirt zu wechseln. Sie hatte noch nie zu den kälteempfindlichen Menschen gehört und war nun überrascht, wie heiß es in Schweden sein konnte, wenn der Wind nachließ. Zwei Tage lang trampte Fred ein wenig ziellos nach Nordwesten, und übernachtete einmal in einer schnuckeligen, kleinen Herberge, die jedoch weder Arbeit noch etwas Sehenswertes in der Umgebung zu bieten hatte. Schließlich landete sie in einem winzigen Ort mitten im Nirgendwo. Ihr Fahrer hatte sie nicht weiter mitnehmen wollen, und kurz befürchtete Fred schon, über Nacht obdachlos dort gestrandet zu sein, ohne auch nur zu wissen, wo sie eigentlich genau war. Die letzte Ortsangabe, die sie auf der Karte hatte wiederentdecken können, war „Linköping" gewesen, und auch das war schon mehr als eine Stunde her.

Doch wieder einmal hatte sie fast schon unverschämtes Glück: Die junge Frau in der Bäckerei, in der sie sich am frühen Abend noch ein belegtes Brötchen kaufte, wusste einen Bauern in der Nähe, der sich ihrer Meinung nach über Hilfe freuen würde, und malte ihr eine Wegbeschreibung auf eine Serviette. Fred fand den Hof bereits nach einer Dreiviertelstunde, wenn auch erst im Dunkeln, und schämte sich fast schon zu klingeln. Der Hausherr jedoch – ein rüstiger Landwirt über 60, ohne ein Gramm Fett am drahtigen Körper – begrüßte sie herzlich. Dann hörte er sich ihr Ansinnen sowie ihre kurze Geschichte an, und gebot Fred, zunächst im Gästezimmer zu schlafen, um am nächsten Tag beim Frühstück darüber zu sprechen.

Fred merkte schnell, dass sie es mit einem hart arbeitenden, aber fairen Chef zu tun hatte. Sie würde, mit Ausnahme des Sonntags – Tag des Herrn, wie er betonte – von Sonnenauf- bis -untergang auf dem Hof arbeiten, durfte sich aber Pausen frei einteilen, Kost und Logis waren selbstverständlich umsonst. Zwei Wochen sollten es zunächst sein, dann würden sie weitersehen.

Von da an war ihr Tagesablauf beruhigend regelmäßig: Von 8 bis 16 Uhr gab ihr der Landwirt Aufgaben, dann lief sie noch eine gute Stunde, aß zu Abend, las ein wenig und ging zu Bett. Was die Verpflegung anging, ließ sich die Familie nicht lumpen: Trotz der körperlichen Arbeit hatte Fred das Gefühl, eher zu- als abzunehmen, so lecker und reichlich bemessen waren die täglichen Portionen. Neben dem alten Bauern lebte hier lediglich seine Frau, eine stille, freundliche Dame, zudem schaute gelegentlich sein Sohn vorbei, stets ernst dreinblickend und abgesehen von einem genickten Gruß für sich bleibend. Auf dem Gelände wurden vor allem Kartoffeln angebaut, sodass sie viel Zeit damit verbrachte, unter der mittlerweile oft intensiv vom Himmel brennenden Sonne schwitzend die Reihen auf- und abzulaufen, um sie auf Schädlinge, Pilze oder Müll hin zu überprüfen. Dazu gab es Steine einzusammeln und regelmäßig die vorkeimenden Kartoffeln zu kontrollieren, wobei sich Fred größte Mühe gab, all diese

Aufgaben möglichst gewissenhaft zu erledigen. Ansonsten half sie dem rüstigen Besitzer bei ein paar handwerklichen Arbeiten und strich gemeinsam mit ihm die große Scheune neu.

Alles in allem gefiel ihr die ruhige, harte Arbeit zwar, nach Ablauf der Zeit war ihr jedoch klar, dass sie nicht länger bleiben wollte. Nicht, dass ihr das Leben hier nicht lag, aber es bot einfach zu wenig Abwechslung, sie langweilte sich und dachte zu viel nach, was ihr eindeutig nicht guttat. Trotzdem, sie mochte die Landwirtschaft und stellte sich nicht selten insgeheim vor, selbst einen kleinen Hof zu unterhalten. Während sie durch die Kartoffelfelder lief oder nach den Keimlingen sah, plante sie gedanklich manchmal zum Spaß Felder, Fruchtfolgen und Viehbestand.

Zum Abschied setzte sich der Bauer noch einmal mit ihr zusammen und fragte sie nach ein paar Floskeln geradeheraus, was sie wirklich hertrieb. „Ich glaube dir nicht, was du mir erzählt hast, du siehst unglücklich aus. Du bist fleißig und geschickt. Wenn du Probleme hast, egal welche, kannst du hier bleiben, ich werde nicht danach fragen, wenn du nicht willst." Augenblicklich fühlte sich Fred miserabel, bestand allerdings trotzdem auf ihrer Geschichte. Später wanderte sie die Straße nach Norden entlang, nun jedoch nicht nur traurig darüber, den Hof zu verlassen, sondern auch voller schlechtem Gewissen aufgrund der Lüge gegenüber dem hilfsbereiten Mann. Die 500 Kronen, die ihr der Landwirt zum Abschied in die Hand gedrückt hatte, verbesserten es auch nicht eben.

Karl haderte mit sich – ob er es noch einmal riskieren sollte? Es war schon lange her, um genau zu sein dieses Jahr noch gar nicht, wie er nach kurzer Überlegung feststellte. Sehnsucht hatte er schon. Gleichzeitig fürchtete er bereits jetzt das tiefe Scham und Schuldgefühl am nächsten Morgen. Obwohl er nicht sicher war, wofür er sich eigentlich schämen, woran er eigentlich Schuld sein sollte. Manchmal vermisste er eben einfach etwas, hätte nicht einmal genau sagen können was, fühlte sich einfach nur leer und einsam. Vielleicht war es nur das Bedürfnis nach etwas Nähe und Wärme. Jeder Mensch brauchte doch ab und zu ein bisschen Zärtlichkeit, oder?

Vor ein paar Jahren war er von einem Kollegen bei einer Routinekontrolle erwischt worden. Als er das Blaulicht hinter sich hatte aufleuchten sehen, musste er dem kurzen, heftigen Drang widerstehen, einfach Gas zu geben und auf Gedeih und Verderb die nasse Straße entlang zu brettern, um vor dem zu flüchten, was da kommen würde. Er ließ es natürlich bleiben, eben gerade, weil er nicht allein im Auto saß, schloss nur kurz schicksalsergeben die Augen, und kurbelte dann mit steinernem Gesichtsausdruck das Fenster herunter. Der Streifenpolizist zog bloß die Brauen hoch, als er seinen Dienstausweis betrachtete, warf einen Blick an ihm vorbei auf den Beifahrersitz und winkte ihn wortlos weiter. Die Verachtung, ja beinahe schon Ekel, in seiner Miene war jedoch unverkennbar und glich unangenehm genau jenem Abscheu, den er selbst an manchen Abenden vor sich empfand.

Dieses Mal entschied er sich trotzdem dafür, die richtigen Straßen kannte er eingedenk seines Berufs ohnehin. Nach zwei Durchfahrten, fast schon im Schritttempo, suchte er sich den Stricher aus, der am wenigsten nach minderjährigem Drogensüchtigen aussah und bereit war, ihn nach Hause zu begleiten. Sorgsam vermied er dabei den Gedanken daran, dass er jedem von ihnen genauso gut in seiner Vermisstenkartei begegnen könnte. Zumindest beim Sex selbst gelang ihm das: Während er den schlanken, biegsamen Körper umgriff, ungeduldig die samtige, verschwitzte Haut küsste, keuchend vor Anstrengung, vergaß er einfach alles. Und dann später noch einmal, in den Minuten vorm Einschlafen, dem Zustand, in dem man noch halb wach und schon halb im Traumland war. In diesem Moment dachte er nicht mehr an die 2500 Kronen, die auf der Kommode bereitlagen. Oder daran, dass er morgen wieder allein aufwachen würde, sondern spürte nur den weichen, eingerollten Leib an seiner Seite, der sich ruhig atmend an ihn schmiegte. Für wenige Augenblicke lang war Karl nahezu glücklich.

Die nächste Woche über blieb Fred kaum länger als einen Tag irgendwo. Als Erstes landete sie in einem kleinen Ort, der als einzige Sehenswürdigkeit ein Klostergelände sein Eigen nannte. „Vreta Kloster" selbst war nur noch in seinen Grundzügen erkennbar, rundherum Spaliere aus wildem Wein, daneben eine ruhige Kirche

– hübsch zwar, aber nichts, was sie lange beschäftigen konnte. Anders sah es da schon mit dem Dom in Linköping aus, einem hohen, schlanken Gebäude mit spiegelnden Steinplatten am Boden und Fenstern, in die Blüten und Blätter eingraviert worden waren. Im Hauptschiff duftete es angenehm heimelig nach Kaffee und in der Ecke lag ein Beton–Abguss der Silhouette eines Obdachlosen, täuschend echt und eindrucksvoll an die weniger glücklichen Menschen der Gesellschaft erinnernd. Schon deshalb nahm sie sich die Zeit, um eine Kerze aufzustellen und sich in Anbetracht dessen demütig zu fühlen – man konnte erheblich schlimmere Schicksale zu tragen haben als sie selbst.

Als Nächstes verschlug es sie nach Örebro, eine hübsche, historische Kleinstadt, deren Zentrum ein beeindruckendes Schloss mit breitem Wassergraben bildete. Gastronomie und Unterkünfte rundherum waren atemberaubend teuer und so wich sie notgedrungen auf ein unpersönliches Hostel weit außerhalb aus, das ganz aus weißem Resopal zu bestehen schien. Es glich eher einer Klinik als einer Herberge. Von dort aus besichtigte sie die Stadt inklusive eines absurd anmutenden Wasserturms, der aussah wie ein überdimensionaler, weißer Pilz, dabei allerdings in erster Linie hässlich war.

Abends saß sie bei grellem Neonlicht allein in einem leeren Schlafsaal auf einem Stockbett, dessen Gerüst so schlecht zusammengeschraubt war, dass es bei jeder Bewegung schrill quietschte, und verschaffte sich einen Überblick über ihre verbliebenen finanziellen Mittel. Dank der vier Wochen auf Öland und der Zeit auf dem

Hof war es besser um sie bestellt, als sie zuvor befürchtet hatte, obschon die letzten, teuren Tage doch sichtlich an ihnen genagt hatten. Allerdings stellte sie gleichzeitig überrascht fest, dass ihr das viel weniger Sorgen bereitete, als sie angenommen hatte – früher wäre das anders gewesen. Die nach wie vor in ihrem Hinterkopf angesiedelte, wenn auch mittlerweile deutlich abstraktere Möglichkeit, sich im Zweifelsfall immer noch das Leben nehmen zu können, wenn es nicht mehr ging, bot einen erstaunlichen Entspannungsfaktor. Das Grübeln ersparte sie ihr jedoch nicht.

Am Anfang waren es nur Kleinigkeiten gewesen, die Christoph vom Geld ihrer Eltern angeschafft hatte, relativ gesehen jedenfalls. Ein schickes Hemd, eine teure Uhr, die er sich doch schon so lange gewünscht hatte, ein neues Handy … sie hatte darüber hinweg gesehen, obwohl er vorher eigentlich nicht direkt gefragt hatte. Fragte sie, hatte er jedes Mal eine gute Erklärung dafür gehabt, warum er dieses oder jenes nötig gehabt hatte. Zumindest, wenn sie sich überhaupt einmal getraut hatte, nachzuhaken – Fred hatte immer ein schlechtes Gewissen, weil sie sich vorkam wie ein Kontrollfreak. Zugegebenermaßen waren ja auch manchmal Dinge für sie selbst dabei gewesen, die goldene Kette mit dem Herzanhänger zum Beispiel.

In dem Augenblick, als sie sich daran erinnerte, stellte sie erschrocken fest, dass sie das Schmuckstück immer noch trug, sich über die Jahre so daran gewöhnt hatte, dass sie einfach gar nicht mehr darüber nachgedacht hatte, sie abzunehmen. Entschlossen öffnete sie nun den Verschluss und entschied, dass der nächste erreichbare Schmuckankauf ihr Budget bereichern würde. Dann war da noch diese Parisreise gewesen, für sie, die in ihrem Leben noch nicht weiter gekommen war als bis zu einem niederländischen Campingplatz, etwas absolut Außergewöhnliches – wie hätte sie ihm da böse sein können? Die Tage dort waren wirklich wunderschön gewesen, mit einer Suite im 5–Sterne–Hotel, Stadtrundfahrt, thailändischer Massage und hervorragenden Restaurants. Trotz allem hatte sie insgeheim doch mehr als einmal überlegt, dass sie zuhause zwei Monate von dem Geld hätten leben können. Damals hatte sie sich für den Gedanken geschämt, weil sie sich als kleinlich empfunden hatte, nun, im Nachhinein betrachtet, fühlte sie sich dumm und naiv.

Egal, hatte sie gedacht, er würde bald anfangen zu arbeiten, dann konnte sie endlich studieren und sie würden trotzdem ihr Auskommen haben. Doch das zog sich länger hin als zunächst gedacht, bis sie schließlich ungeduldig wurde und sich für Agrarwissenschaften einschrieb. Natürlich fanden die meisten Lehrveranstaltungen vormittags statt und waren daher mit ihrer Arbeit als Tourismuskauffrau unvereinbar. Also nahm Fred einen Nebenjob als Kellnerin an, damit sie weiterhin gemeinsam leben konnten. Denn Christophs BAföG war schon vor geraumer Zeit eingestellt worden und von seinen sehr gelegentlichen kleinen Privataufträgen als Mediendesigner hatten sie oftmals nicht einmal die Miete begleichen können. Allerdings hatte er sich trotzdem immer hartnäckig geweigert, ein kleineres Appartement zu beziehen, obwohl ihrer Meinung nach auch drei Zimmer und ein Bad nur mit Dusche genügt hätten – die Mieten in der Rheinstadt waren an sich schon horrend genug. Sich jedoch zusätzlich selbst eine kleine Arbeit zu suchen, um all diese Dinge weiterhin finanzieren zu können, lehnte er mit der Begründung ab, im Studium bereits zu viel Stress zu haben, was sie durchaus einsah.

Als er jedoch endlich fertig geworden war, war Fred ein Stein vom Herzen gefallen - sie hatte bis dahin nicht realisiert, wie sehr sie ihre Situation belastet hatte. Die zwölf Wochenstunden hinter der Theke mochten nicht viel erscheinen, doch ihr Ehrgeiz gebot ihr, das Studium in Regelzeit zu bestreiten, daher setzten ihr Stress und Übermüdung schleichend immer mehr zu. Aber nun würde alles gut werden. Ach wie lieb sie ihn damals gehabt und wie dumm sie gewesen war. Wenn Fred allerdings jetzt daran dachte, hätte sie am liebsten den Kopf gegen die nächste Wand geschlagen vor lauter Selbsthass und -verachtung.

Die ersten sechs Monate nach Ende seines Studiums geschah zunächst nichts. Er sei von den Prüfungen erschöpft, betonte Christoph, das fand sie nachvollziehbar und war daher dankbar, als er sich danach zumindest einen kleinen Aushilfsjob im DVD–Verleih drei Straßen weiter suchte. Natürlich war es weiterhin notwendig, dass sie kellnerte, doch sie betrachtete es als hoffnungsvollen Anfang. Bald jedoch musste sie feststellen, dass es eher ein Ende gewesen war. Mehr als zwei Jahre gingen ins Land, und als sie ihren Bachelor gemacht hatte, ließ er mehr oder weniger deutlich verlautbaren, dass der Abschluss im Grunde genügen würde und sie nun endlich anfangen könne, richtig zu arbeiten. Sie konnte sich nur zu gut daran erinnern, denn es war Anlass genug für ihren ersten heftigen Streit gewesen. Zum ersten Mal hatte sie ernsthaft aufbegehrt und sein Verhalten infrage gestellt – genutzt hatte es jedoch nichts, und schlussendlich hatte sie sich sogar entschuldigt, weil sie so wütend geworden war.

Erst viel später fiel ihr langsam auf, dass sie ihn in der ganzen Zeit eigentlich keine einzige Bewerbung hatte schreiben sehen. Und suchte sie ihm Stellenanzeigen heraus, reagierte er zunehmend unwirsch. Erstmalig merkte sie, dass sie litt. Tatsächlich zugegeben hätte sie das damals allerdings noch lange nicht, stattdessen machte sie einfach weiter wie zuvor, hin- und hergerissen zwischen Traurigkeit und Vertrauen in die gemeinsame Zukunft. Fred lernte, schuftete und redete sich ein, dass es nur eine Phase sei, dass jede Beziehung doch Perioden kannte, in denen es nicht perfekt lief. Augen zu und durch, egal was es kostete, dann würde alles wieder gut werden, das war das Motto dieser Zeit gewesen.

Als sie nun, mit genug zeitlichem und räumlichem Abstand, darüber nachgrübelte, fühlte sie sich auch dabei unendlich einfältig und töricht. Sie hatte zugesehen, wie ihr Vermögen schrumpfte, immer wieder Entschuldigungen für ihn gefunden und sich mühelos selbst ins Abseits befördert. Nun wurde ihr bewusst, dass sie einen eigenen Anteil an dieser Schuld trug, dass sie ihn all die Zeit hatte gewähren lassen und seine Versprechungen vielleicht einfach ein bisschen zu gern gehört hatte. Wenn sie genauer darüber nachdachte, merkte sie, dass sie erst jetzt wieder regelmäßig schlief und um wie viel fitter und entspannter sie sich allein dadurch fühlte. Trotzdem, in dieser Nacht wälzte sie sich unruhig in dem schmalen Bett, wurde die Enttäuschung über vergangenes Unrecht nicht los, und erwachte schließlich völlig zerschlagen noch vor Sonnenaufgang.

Karl erwachte schweißgebadet und hatte eine ganze Weile lang Mühe, sich zu orientieren, obschon er augenscheinlich zuhause war und der Fernseher lief. Aber war es morgens oder abends? Bett oder Sofa? Das war ihm schon eine ganze Weile nicht mehr passiert – er konnte sich gar nicht entsinnen, dem Flaschentrost derart zugesprochen zu haben. Draußen war es jedenfalls stockfinster. Verdammte skandinavische Dunkelheit, dachte er bei sich. Kaum überraschend, dass hier alle depressiv wurden und ständig irgendwer irgendwo heruntersprang oder sein Gewehr fraß. Wirre Gedanken plagten ihn. Wenn er in Spanien geboren worden wäre, in all der Wärme, zwischen Flamenco und Orangenplantagen, wer wusste es schon, vielleicht wäre er ein ganz anderer Mensch geworden? Kopfschüttelnd versuchte er, sich zu sammeln. Ach ja, da war es wieder, es war Samstag, und er hatte sich nach dem Mittagessen mit ein paar Dosen Bier ins Wohnzimmer gesetzt, um ein Weilchen Sport zu gucken. Dabei musste er wohl eingeschlafen sein. Curling, stellte er ernüchtert fest, kein Wunder eigentlich.

Aber da war noch etwas, etwas war ihm durch den Kopf gegangen, kurz bevor er weggedöst war. Etwas Wichtiges, da war er sich auf einmal ganz sicher. Doch was? Grübelnd entzündete er eine Zigarette und lief heftig an ihr saugend im Zimmer auf und ab. Er kam nicht darauf und das ärgerte ihn. Irgendetwas, das er gesehen hatte, ein Zusammenhang, der sich ihm in diesem letzten, wachen Moment aufgetan hatte. Unmittelbar durchfuhr es ihn wie ein Blitz. Der Jagdunfall in Dänemark. So etwas war ihm doch schon einmal untergekommen, hier in Schweden, das konnte noch keine zwei Monate her sein! Und hatte er nicht auch etwas in der Art aus Norwegen gelesen? Ja und? Jagdunfälle gab es in jeder Saison haufenweise, schon gar in ihren wald- und wildreichen Ländern.

Trotzdem, irgendetwas daran war ihm seltsam vorgekommen. Er brauchte weitere quälende Minuten, um darauf zu kommen – waren nicht mindestens zwei der Opfer weiblich gewesen? Wie oft waren Frauen an solchen Vorfällen beteiligt? Und dann auch noch mit tödlichem Ausgang? Wenn das stimmte, wäre es in der Tat ausgesprochen ungewöhnlich. Ein Kribbeln stieg in ihm auf, unwillkürlich schnappte er nach Luft und musste sich setzen. Wahrscheinlich kriege ich genau jetzt einen Herzkasper und keiner kommt je auf die Verbindung, dachte Karl und musste tatsächlich laut lachen. Was für eine verdammte Verbindung überhaupt?!

Egal, auch wenn es sich aller Wahrscheinlichkeit nach bloß um ein Hirngespinst handelte, das musste er herausfinden, und zwar jetzt, undenkbar, damit noch bis Montag zu warten. Und so tat er etwas, das er bislang in seiner ganzen, langen Zeit als Polizist noch nie getan hatte, brach sozusagen ein unausgesprochenes, privates Tabu: Er fuhr ins Büro, ohne dass er musste. Und das auch noch am Wochenende. Auf dem Revier war fast nichts los, bloß eine einsame Nachtschicht schob Dienst – von deren Mitgliedern wurde er entweder ignoriert oder man nickte ihm freundlich aus der Ferne zu, was er auf gleiche Art erwiderte. Sein Auftauchen schien niemanden zu verwundern, vermutlich waren Überstunden für viele seiner Kollegen ein wesentlich weniger absurdes Konzept als für ihn. Also setzte er sich in Ruhe in sein Kabuff, warf den Rechner an, der ihm heftig brummend bedeutete, dass auch er eigentlich gerade Feierabend hatte, und durchwühlte währenddessen seinen Aktenstapel. Er fand rasch, was er suchte und stellte fest, dass er recht hatte – das dänische Opfer war eine Frau gewesen.

Für Norwegen musste er das Onlinearchiv bemühen, doch auch hier wurde er nach kurzer Zeit fündig: Zwei Tote, eine weiblich. Mit leichtem Herzrasen startete Karl eine Rastersuche über die letzten zehn Jahre in ganz Europa und stellte nach einer halben Stunde ungeduldigen Wartens – verfluchte, veraltete Technik, warum gab eigentlich nie jemand Geld für die Polizei aus?! – ernüchtert fest, dass es viel zu viele waren. Also beschränkte er die Suche auf ein Jahr und schloss Treibjagden, größere Gruppen und Fälle mit Augenzeugen aus. All das geschah beinahe traumwandlerisch, ohne dass er eine konkrete Vorstellung hatte, nach was er eigentlich exakt suchte, beziehungsweise zu finden hoffte. Eine Schnapsidee, keine Frage. Trotzdem wartete er mit klopfendem Herzen das Ergebnis ab. Schon besser – jetzt waren es immerhin nur noch knapp 100 Opfer.

Und nun? Ein wenig ratlos überlegte er, was eigentlich als Nächstes geschehen sollte. Schließlich hatte er einen Einfall und ließ den Computer seine Zahlen mit allen Toten unter gleichen Kriterien der letzten 20 Jahre vergleichen. Als er das Ergebnis sah, wurde ihm schwindelig – die Anzahl der Toten im letzten Jahr lag um ungefähr ein Viertel höher als der Durchschnitt zuvor. Das war mehr als nur eine kleine statistische Auffälligkeit! Klar, es konnte immer noch ein Zufall sein, so was gab es, glaubte er wenigstens. Konnte am Wetter liegen oder am Tourismus, woran auch immer. Aber es wäre eben ein verflixt großer Zufall! Wie in Gottes Namen hatte das noch niemandem auffallen können?

Die Antwort war ebenso simpel wie unheimlich: Vermutlich hatte einfach noch nie jemand danach gesucht. Es hatte in all den Fällen kaum verwertbare Anhaltspunkte gegeben. Außerdem verteilten sich die Ereignisse über mindestens acht Länder und waren zum größten Teil als Unfälle klassifiziert worden. Karl lehnte sich schnaufend in seinem Stuhl zurück und hatte, zum ersten Mal in seinem gesamten Berufsleben, echte

Angst. Worauf war er da nur gestoßen? War er wirklich auf etwas gestoßen?

## 7

Freds nächstes Ziel war der Nationalpark Tyresta, nicht
weit von Stockholm gelegen. Nach all der Hüpferei von
Stadt zu Stadt hatte sie sich entschlossen, langsam etwas mehr der berühmten schwedischen Natur zu genießen, gerade weil es nun endlich warm geworden
war. Als sie jedoch am Eingang stand, war sie überrascht von der schier endlosen Liste an Einschränkun-
gen, mit der das Schutzgebiet aufwartete. Und das umso mehr, nachdem sie so viel über das skandinavische
Jedermannsrecht gelesen hatte, das allen Menschen
nicht nur Zugang, sondern in gewissem Maße auch die
Nutzung der Ländereien gewährte. Darunter befanden
sich zwar durchaus sinnvolle Verbote, wie der Schutz
gefährdeter Pflanzen, aber auch eher willkürlich er-
scheinende Untersagungen, zu denen das Parken über
Nacht auf dem zugehörigen Parkplatz zählte. Na, dafür
hätte sie auch in Deutschland bleiben können, dachte
Fred kurz ein wenig frustriert, beschloss dann aber, sich
die Stimmung deshalb nicht so schnell verderben zu
lassen.

Und wirklich entschädigte sie der sonnige Misch-
wald für vieles, nach einer guten Stunde zügigen Wan-
derns hatte sie die unschönen Gedanken der letzten
Tage vergessen und freute sich nur noch über die Stille
und den warmen Duft des Bodens. Hier wechselten sich
blaue, märchenhafte Seen und wilde, urtümlich wir-
kende Felsformationen mit Kiefernwäldern ab, die
ebenfalls aussahen, als hätten sie bereits Jahrhunderte

überdauert. Unterwegs sah sie kleine Moore und haufenweise Vögel, deren Namen sie nicht kannte.

Mitten in der Woche war hier, trotz des guten Wetters, kaum jemand außer ihr unterwegs. Nach einer weiteren Stunde hatte sie sich für eine zu drei Vierteln geschlossene Schutzhütte entschieden, die auch eine Feuerstelle bot. In weiser Voraussicht hatte sich Fred bei ihrem letzten Stopp mit ausreichend Wasser und einer großen Dose fertigem Chili con Carne sowie einer Packung Marshmallows als dekadentes, kleines Extra eingedeckt. Es sollte ihre erste Nacht draußen im Freien werden – „in der Wildnis", wie sie sich grinsend selbst verkündete –, und sie war halb gespannt, halb ängstlich, wie sie wohl damit zurechtkommen würde. Benzinanzünder, Kerzen, Decke und Schlafsack führte sie ohnehin mit sich, also verbrachte sie die Zeit vor der Dämmerung damit, einen großen Stapel Holz zusammenzutragen. Mehr als sie eigentlich zu brauchen glaubte, doch noch vermied sie, mittels Geschäftigkeit, das eigenartige Gefühl, ganz allein hier draußen zu sein. Als das Feuer endlich brannte, empfand sie einen unbändigen Stolz, fühlte sich regelrecht großartig, wie der erste Mensch der Erde. Oder aber auch der letzte.

Dann jedoch sank unweigerlich die Nacht über sie herab, die Flammen brannten als verwaiste Oase der Helligkeit und verengten ihren Lebensraum auf zehn mal zehn Meter rundherum. Eben die Spanne, in der sie gerade noch zu sehen vermochte. Dahinter ... konnte im Grunde alles sein. Es war ein irritierendes Gefühlsgemisch, das sich ihrer bemächtigte. Eine Mixtur aus einerseits fast grenzenlosem Freiheitsempfinden. Dem Eindruck, von niemandem mehr beobachtet, von niemandem mehr kontrolliert zu werden und keinerlei Rechenschaft mehr schuldig zu sein, ganz egal was sie tat. Andererseits aber standen ihr bei jedem noch so leisen Geräusch die Nackenhaare zu Berge. Und davon gab es reichlich. Ein kleiner, raschelnder Nager wurde in ihrer Fantasie zum gewaltigen, nahenden Monster. In einem solchen Wald konnte man sicher mühelos den Verstand verlieren, wagte man sich zu tief hinein, schoss ihr durch den Kopf.

Nachdem sie fertig gekocht hatte, gab es nichts mehr, das Fred hätte ablenken können, und müde war sie auch noch lange nicht – es war ja gerade erst 20 Uhr durch.

Sie versuchte ihr Glück mit lesen, merkte aber rasch, dass sie sich gerade wirklich nicht darauf konzentrieren konnte. Also packte sie die Flasche Metwein aus, die sie vor einer Woche aus einer Laune heraus in einem kleinen Museumsladen gekauft hatte – es hatte interessant geklungen und sie hatte noch nie dergleichen probiert. Sie setzte zum ersten Schluck an, musste ein wenig husten, während sich der süße Geschmack des Honigweins in ihrem Mund ausbreitete, blinzelte einige Tränen aus den Augen und wunderte sich über sich selbst: War das wirklich noch die Fred, die sie kannte? Die jetzt einfach so, ganz allein etwas Unbekanntes trank? Mitten im Wald? Früher waren zwei Glas Bier, oder vielleicht einmal ein Cocktail gemeinsam mit Christoph, das absolute Maximum dessen gewesen, was sie unter Alkoholkonsum verstanden hatte. Die Mentalität ihrer komasaufenden, wilde Partys feiernden Kommilitonen hatte sie nie begriffen, wenn sie sie auch insgeheim manchmal um ihre Unabhängigkeit und ihre Fähigkeit loszulassen beneidet hatte.

Nach einer halben Flasche lag sie auf dem Rücken neben dem Feuer, freute sich über die glitzernden Sterne über ihr und stellte ausgesprochen amüsiert fest, dass „Schwippschwager" ein wirklich, wirklich albernes Wort war. Noch ein Viertel später überfiel sie der intensive Drang zu tanzen. Und zwar am besten nackt, erklärte Fred kichernd ihrem Rucksack – wie die Hexen früher, das passte doch sowieso super hierher! Als sie den ersten Toilettendrang verspürt hatte, war sie noch artig zwei Dutzend Schritte in den Wald hineingelaufen, um sich dort im Dunkeln hinzuhocken. Dann aber hatte sie sich, inmitten undurchdringlicher Finsternis, derart gegruselt, dass sie, noch mit offener Hose, im Laufschritt zurückgeeilt war. Die nächsten Male hatte sie ihrem Bedürfnis über einer kleinen Grube direkt gegenüber dem Lager nachgegeben, erst mit, dann ohne Schamgefühl.

Euphorisch warf sie ein paar Äste in die Flammen, die prasselnd und Funken stiebend gen Himmel strebten, dann zog sie sich kichernd aus – es gab niemanden, der sie hätte verurteilen können, sie konnte machen, was sie wollte! Fred tanzte wild und glückselig um das Feuer herum, die fast leere Flasche in der Hand. Scheißegal, was gestern war, scheißegal, was morgen geschah, diese Nacht gehörte ihr, heute war sie frei!

Wann sie sich auf der breiten Bank in ihren Schlafsack gekuschelt hatte, wusste sie tags darauf nicht
mehr, erwachte bloß irgendwann fröstelnd, als die Sonne bereits schien. Einen halben Liter kaltes Wasser und
zwei Aspirin später fragte sie sich, ob sie Verlegenheit
empfinden sollte, entschied sich dann jedoch dagegen
und grinste nur breit ob der vergangenen Nacht: Selbst-
findung konnte wohl eine ziemlich schräge Angelegenheit sein. Einziger Wermutstropfen waren drei hartnäckig juckende Mückenstiche auf dem Po. Zuletzt packte
sie gemächlich ihre Sachen zusammen, trank Milch aus
der Tüte, aß zwei über der letzten Glut geröstete Toasts
ohne alles und brach auf.

Grundgütiger, war ihr schlecht. Das war das Erste, was
sie wahrnahm, noch bevor sie die Augen aufgeschlagen
hatte. Übelkeit brandete wellenförmig von ihrem Magen hinauf und sie musste sich eine Weile darauf konzentrieren ruhig zu atmen, bevor sie sich blinzelnd die
Augen zu öffnen traute. Es war hell und ihr war kalt,
irgendwo hörte sie eine Bachstelze schimpfen. Als sie
feststellte, dass sie splitterfasernackt war, wurde ihr
gleich wieder übel, diesmal vor Panik. Was war passiert? Wo war sie? Hastig rappelte sie sich auf und realisierte zu spät, dass ihr Kreislauf noch nicht bereit zu
derartigen Höchstleistungen war – sie sank zurück auf
die Knie und erbrach gelbe Magensäure.

Danach fühlte sie sich zumindest etwas besser,
kämpfte halb erfolgreich gegen den Schwindel an und
sah sich vorsichtig um. Sie war augenscheinlich im

Wald. Wie war sie bloß hierher gekommen? Sie konnte sich an nichts, aber auch wirklich gar nichts erinnern, nicht einmal einen kleinen hilfreichen Schnipsel wollte ihr Kopf preisgeben. Purem Instinkt folgend fasste sie sich zwischen die Beine und stellte zutiefst erleichtert fest, dass sie weder Blut vorfand noch wund war. Immerhin das war ihr anscheinend erspart geblieben. Aber was war dann geschehen? Sie war augenscheinlich allein.

Angestrengt versuchte sie erneut sich zu erinnern, doch kaum bemühte sie sich, eines der verschwommenen Bilder in ihrem Kopf festzuhalten, entschlüpfte es ihr wieder. Minutenlang kauerte sie verwirrt im Dreck und rang darum, die letzten Stunden des Vortags zu rekonstruieren. Sie hatte den Bus verpasst, genau, das wusste sie noch. Sie erinnerte sich sogar wieder an den Ärger, den sie empfunden hatte, als sie den roten Rücklichtern hinterhergesehen hatte. Danach daran, dass sie beschlossen hatte, den einen Kilometer in den nächsten Ort zu Fuß zu laufen, um von dort aus ein Taxi zu rufen. Denn der Akku ihres Androids war natürlich ausgerechnet jetzt leer – sie schimpfte leise auf das teure Gerät, das sie jeden Tag laden musste. Andererseits war es warm und sie kannte die Strecke gut. Auf dem Weg hatte ein Wagen angehalten, sie war erst misstrauisch gewesen, aber der Mann darin war allein, alt und schenkte ihr ein freundliches Lächeln.

„Kann ich Ihnen helfen? Wenn Sie möchten, nehme ich Sie ein Stück mit – um diese Uhrzeit sollte man als Frau doch nicht alleine unterwegs sein müssen."

Sie hatte nicht lange gezögert, schon der neuen Schuhe wegen, in denen es sich so schlecht lief, dass sie bereits die erste Blase hatte wachsen spüren. Wie hatte sie nur so dumm sein können? Alle Blasen der Welt würde sie gegen das hier eintauschen! Im Auto hatte der Mann sie noch gefragt, wohin er sie bringen sollte, doch in dem Moment hatte sie auch schon einen stechenden Schmerz im Nacken gespürt – erst als sie überrascht hochsah, bemerkte sie die gesichtslose Gestalt im Rückspiegel. Kurz stieg Grauen in ihr auf. Dann war da nichts mehr.

Als sie sich zum zweiten Mal aufrichtete und umblickte, entdeckte sie ihn. Eiskalter Schrecken ließ ihr Blut gefrieren und sie spürte, wie sie unwillkürlich zu zittern begann: Mit der olivfarbenen Jacke gut getarnt, stand er ganz still zwischen den Bäumen und beobachtete sie, ein Gewehr lässig auf das Knie gestützt. Nun musste ihr niemand mehr etwas erklären, ohne ein einziges Wort wusste sie alles, was es zu wissen gab – und klammerte sich doch noch an den winzigen Hoffnungsschimmer, sich zu irren. Wandte sich ihm zu, flehte ihn an, sie zu verschonen, versprach, niemandem etwas zu erzählen, ja, bot sich ihm in ihrer Verzweiflung sogar an – doch nichts davon entlockte ihm auch nur die leiseste Regung. Er glich einem lauernden Reptil, begutachtete sie wie Messeware mit scheinbar undurchdringlich bleibender Miene, eine schiere Ewigkeit lang. Dann machte er eine einzige, sachte Handbewegung, die ihr zu laufen gebot.

Sie gehorchte mit Tränen in den Augen, ahnend, dass es ohnehin nichts mehr zu gewinnen gab, dass ihr Schicksal längst besiegelt war, und doch nicht den Mut aufbringend, einfach stehen zu bleiben und einen heroischen Tod einzufordern.

Am Anfang trat sie trotzdem nur ganz behutsam auf, setzte die bloßen Füße ängstlich zwischen Tannennadeln und abgestorbene Äste. Eine eigenartige Benommenheit hatte sie ergriffen, sie konnte das alles nicht wirklich ihrer Realität zuordnen und bewegte sich wie in Trance. Das aber änderte sich schlagartig, als hinter ihr ein Schuss erklang. In dem Moment, als der scharfe Knall die Luft zerriss, verspannte sich ihr ganzer Körper, Adrenalin überschwemmte unvermutet ihren Geist und nahm ihr jede Chance auf eine rationale Entscheidung. Uralte Gehirnstrukturen entschieden ohne ihr Zutun, wie sie nun reagieren musste.

Sie rannte los wie eine Verrückte, ungeachtet der Splitter und spitzen Steine, die ihr in die Füße stachen, spürte die Ranken nicht mehr, die die bloße Haut ihrer Oberschenkel zerkratzten. Lief, strauchelte, fing sich wieder und rannte weiter. Blieb erst stehen, als sie keine Luft mehr bekam und sich hechelnd an einem Schössling festhalten musste, um nicht zusammenzubrechen. Blitze und Sternchen tanzten vor ihren Augen, alles drehte sich und sie konnte einfach nicht mehr, die letzte Kraft schien aus ihr herauszuströmen. Rann unaufhaltsam aus ihr heraus, wie aus einem leckgeschlagenen Tanker. Doch dann meinte sie, Schritte hinter sich knirschen zu hören und stolperte trotzdem noch einmal los

– nur ein Haus, eine Siedlung, eine Straße finden, und sie wäre gerettet! Während sie lief, bettelte sie, erbärmlich stammelnd, um einen Wanderer mit Handy, einen Radfahrer, Forstarbeiter ... Stattdessen merkte sie, wie ihr Körper aufgab.

Erneut hörte sie einen Knall zwischen den Baumwipfeln hallen und nahm die Erschütterung wahr, noch bevor brennender Schmerz, bei ihren Schulterblättern beginnend, durch ihren ganzen Leib fuhr. Urplötzlich verlor sie die Kontrolle über ihre Gliedmaßen, sah sich selbst in Zeitlupe zu Boden gehen und spürte warmen Urin ihr Bein herablaufen, dann wurde die Welt um sie herum klein und dunkel.


In Stockholm angekommen, merkte Fred schnell, wie lang sie nicht mehr in Menschenmengen unterwegs gewesen war – der hier herrschende Trubel überforderte sie fast augenblicklich. Als sie endlich eine bezahlbare Herberge gefunden hatte, legte sie sich kurz auf ihr Bett und schlief ungewollt vier Stunden wie eine Tote. An diesem Tag unternahm sie nur noch einen Spaziergang über die verschiedenen Inseln und vor allem durch die Gamla Stan, das wunderschöne Altstadtviertel, stellte zu ihrem Bedauern aber auch rasch fest, dass ein längerer Aufenthalt hier unbezahlbar war. Tags darauf streifte sie erneut mit großen Augen durch die hübschen, kopfsteingepflasterten Gassen und bestaunte die unzähligen kleinen Läden, umgeben von ebenso faszinierten Touristenschwärmen.

Das Aquarium und Terrarium, das sie danach besuchte, war zwar eher enttäuschend und zudem klein, trotzdem gefiel ihr die Stadt selbst unglaublich gut, allein an all den schönen Häusern hätte Fred sich nie sattsehen können. Am nächsten Morgen besuchte sie das Vasa–Museum und war, trotz der horrenden Eintrittsgebühr, restlos begeistert. Nicht nur, dass die Ausstellung rund um das historische Schiff als monumentalen Mittelpunkt aufgebaut war. Auch die einzelnen Abteilungen waren mit so viel Liebe zum Detail eingerichtet worden, dass sie den ganzen Tag dort verbrachte. Die prachtvolle Galeone war damals eine Fehlkonstruktion gewesen, da sie derart mit Kanonen überladen war, dass sie noch auf ihrer Jungfernfahrt nicht weit hinter dem Hafen gesunken war. Reichlich peinlich, befand Fred für sich. Ende des letzten Jahrhunderts hatte man sie nahezu unversehrt aus dem brackigen Wasser bergen können, sodass die vielen gefundenen und ausgestellten Alltagsutensilien einmalig waren. Fast gespenstig erschienen Fred allerdings die Skelette einzelner Besatzungsmitglieder, anhand deren Knochen man versucht hatte, ihre Lebensumstände zu rekonstruieren.

Am Tagesende jedoch stellte sie erneut fest, dass sie die Stadt, wollte sie noch länger auf Reisen bleiben, so schnell wie möglich wieder verlassen musste. Am Morgen darauf erkundigte sie sich noch nach Touren zu den Schären, deren Schönheit einen Ruf weit über die Landesgrenzen hinaus genoss, musste aber einsehen, dass die Preise weit über allem lagen, was sie sich hätte leisten können. So war Fred am Ende ein bisschen deprimiert, sich so schnell wieder von der schönen Stadt verabschieden zu müssen, aber auch neugierig, was sie als Nächstes sehen würde. Mit gemischten Gefühlten wanderte sie an einer Ausfallstraße entlang nach Norden.

Lars lächelte zufrieden in sich hinein, entspannt dem gleichmäßigen Motorengeräusch lauschend. Der Ältere hatte keinerlei Geschlechtspräferenzen, daher war das Vorletzte ein Mann gewesen. Er selbst hatte zwar auch Spaß an diesem, der besondere Kitzel und die anregenden Momente danach stellten sich jedoch nicht ein. Zudem waren Männer seiner Erfahrung nach aggressiver und schwieriger zu erwischen, gleichzeitig langweilten sie ihn ein wenig. Heimlich vermutete er nicht selten, dass der Ältere im Grunde asexuell und durchaus zufrieden damit war – zumindest hatte er von ihm noch nie eine Äußerung vernommen, die etwas Anderes erahnen ließe.

Die Auswahl der Opfer oblag, wie so vieles sonst auch, allein der Entscheidung seines Mentors. Lars vertraute seinem Urteil, sein Wort war Gesetz und er bestimmte sowohl die Frequenz als auch Orte und Zeiten, zu denen sie sich jemanden suchten, oder ob sie eine Pause einlegten, wenn es seinem Bedürfnis nach Sicherheit entsprach. Der Jüngere hatte keine Einwände dagegen, waren sie auf diese Art doch bislang ebenso erfolgreich wie unentdeckt geblieben.

Bei einer weiteren Sache waren sie sich sofort einig gewesen: Keine Kinder. Lars hatte sich nie vorstellen können, ein kleines Mädchen oder einen Jungen umzubringen, die Idee war ihm moralisch zutiefst zuwider – selbst in seinen dunkelsten Stunden. Für den Älteren dagegen, so schätzte er, waren sie schlichtweg keine lohnenswerte Beute. Zu einfach wäre die Jagd und zu kurz damit das Vergnügen gewesen. So oder so war das Letzte jedenfalls wieder ganz wunderbar gewesen, schlank mit herrlichem, blonden Haar, das danach wie eine seidige Wolke um seinen Kopf ausgebreitet dalag. Ihm hatte eine eigentümliche, altmodische Eleganz innegewohnt.

Lars war nicht nekrophil, wirklich nicht, das hatte er dem Älteren sofort deutlich gemacht. Aber wenn sie noch so unberührt und warm waren, beinahe aussahen, als ob sie eigentlich nur schliefen, konnte er sich vorstellen, dass sie lebten und freiwillig mit ihm zusammen waren. Sie sahen ihn nie komisch an, straften ihn nie mit diesen Blicken, die einen zu sezieren schienen, verachteten ihn nicht ... Er musste weder um Worte ringen noch sich seiner ganzen Unvollkommenheit und Hässlichkeit gewahr werden, seine Hände hörten nicht plötzlich auf, zu ihm zu gehören, und taten ungeschickte Dinge. Im Wald waren sie immer ruhig und nett.

Er war jedoch keine Jungfrau mehr, auch das hatte er seinem Reisegefährten direkt zu Anfang – wenn auch eher ungefragt – versichert, war es ihm doch wichtig, vor ihm unter keinen Umständen als Versager dazustehen. Natürlich hatte er verschwiegen, wie spärlich seine

Erfahrungen dahin gehend waren, und wie gehemmt und unwohl er sich jedes Mal dabei gefühlt hatte. Eine richtige Beziehung jedenfalls hatte er noch nie geführt, war nicht einmal in die Nähe einer solchen gekommen. Die einzigen Male, bei denen es tatsächlich passiert war, bei denen er wirklich Sex gehabt hatte, waren betrunkene, schnelle Erlebnisse nach Discobesuchen gewesen, insgesamt vielleicht zehn an der Zahl. Optimistisch gerechnet.

Jedes Mal danach hatte er kaum in den Spiegel sehen können. Er hatte sich furchtbar gefühlt, und das hatte mitnichten an zu viel Alkohol gelegen, sondern eher an der empfundenen Peinlichkeit des ganzen Akts und seiner Überzeugung, sich unwiderruflich lächerlich gemacht zu haben. Gott sei Dank hatte er keine der Frauen jemals wieder getroffen. Normalerweise vermied er auch jeden Gedanken daran, verdrängte jetzt ebenfalls rasch die Erinnerung an seine erniedrigende Unzulänglichkeit. Lieber beobachtete er die Landschaft aus dem Autofenster und konzentrierte sich auf die frischen Eindrücke des hübschen Körpers ihres letzten Opfers.

## 8

Wieder einmal hatte Fred, als sie aufbrach, kein klares Ziel vor Augen, bloß weiterhin Richtung Norden sollte es gehen, so viel stand fest. Die erste Nacht verbrachte sie in einer kleinen Herberge in Bålsta, in der sie als einzige zu Gast war. Immerhin gelang es ihr, sich eine kostenlose Mahlzeit aus Nudeln und einer Dose Tomate-und-irgendetwas-Undefinierbares-Mischung, die sie verwaist in der Küche vorfand, zuzubereiten. Tags darauf reiste sie weiter und besuchte ein herrschaftliches Anwesen namens „Skokloster Schloss", dessen detailgetreu und beeindruckend kunstfertig eingerichtete Zimmer sie in fast vollkommener Ruhe besichtigen konnte. Insgeheim stellte sie sich dabei vor, wie es wäre hier zu leben, wahlweise als Magd oder als Adelige und was sie dann wohl gerade tun und denken würde.

Einen Vorteil hatte es auf jeden Fall, Stockholm so rasch wieder verlassen zu haben: Sie hatte die Möglichkeit, so viel zu laufen, wie sie wollte. Nach der letzten, dunkelsten Phase mit Christoph war sie nun endlich wieder an einem Punkt angelangt, an dem sie sich nach spätestens zwei Tagen ohne ernsthafte Bewegung kribbelig und unausgelastet fühlte. Genau genommen konnte sie sich an keine Zeit in ihrem Leben zurückerinnern, in der Sport keine Rolle gespielt hatte. Noch vor Beginn der Pubertät hatte sie sich auf Leichtathletik festgelegt und das nie bereut, zumal ihre Eltern sie stets nach allen Kräften unterstützt hatten, ohne sie unter Druck zu setzen. Nicht, dass es je nötig gewesen wäre – sie war ohnehin immer mit ebenso viel Begeisterung wie Ehrgeiz dabei gewesen.

Ihr plötzlicher Tod hatte einen ernsthaften Einstieg in den Leistungssport zwar verhindert, doch auch danach hatte Fred niemals in Erwägung gezogen ganz aufzuhören und über all die Jahre hinweg regelmäßig mehrere Male pro Woche trainiert. Ihr gefiel nahezu alles, was mit Bewegung zusammenhing, ihr Herz jedoch hatte sie eindeutig ans Laufen verloren. Oft beschlich sie das Gefühl, einzig dabei zufrieden zu sein und nur rennend wirklich klar denken zu können. Schweden kam ihr, was das anging, ausgesprochen entgegen, vielleicht genoss sie das weite Land auch deshalb so sehr.

Der Ältere tobte. Lars war sich nicht sicher, ob er ihn überhaupt jemals zuvor so wütend erlebt hatte. Heimlich fasziniert beobachtete er, wie eine hektische, kleine Ader an dessen Schläfe pochte. Doch als der Andere zu reden begann, flogen ihm seine Worte wie Geschosse um die Ohren.

„Was hast du dir dabei gedacht? Wie kann man nur so dumm, so unvorsichtig, ein solches Kind sein, seinen Schwanz nicht unter Kontrolle zu haben! Du bist ein jämmerlicher Versager, ich bin zutiefst enttäuscht von dir!"

So hatte sein Mentor noch nie mit ihm gesprochen. Die Worte trafen Lars bis ins Mark, mehr, als er vorher gedacht hatte, und noch tiefer sogar das darauf folgende Schweigen. Später am Abend versuchte er sich abzulenken, an etwas anderes zu denken, spazieren zu gehen, doch es gelang ihm nicht, das altbekannte Gefühl, schlecht und falsch zu sein, abzuschütteln. Es schien irgendwo im hintersten Eckchen seiner Seele nur auf eine solche Gelegenheit gewartet zu haben, um nun zombiegleich wiederaufzuerstehen und ihn erneut zu erobern.

Und all das nur, weil eines ihrer Opfer früher gefunden worden war, als sie vermutet hatten. Normalerweise sorgten sie – schon im Interesse der Jagd – dafür, dass ihre Toten nie oder zumindest erst sehr viel später entdeckt werden konnten, nicht zuletzt durch ihre abgelegene Platzierung. Und auch dann verwendete der Ältere viel Mühe darauf, sie in möglichst unauffälligem Zustand zu hinterlassen. Er durchschoss sogar die Kleidung an der passenden Stelle und zog sie den Opfern dann an. Außerdem wuschen sie zuvor Füße und Körper von den Spuren der Wildnis rein – denn was wäre bei einem Fund verdächtiger gewesen als Tannennadeln im Inneren der Socken? – und sorgten für eine spurenfreie Umgebung. Das raue Klima und die ansässige Tierwelt kümmerten sich normalerweise um den Rest, sodass sich die Leichen, wenn sie überhaupt jemals wieder auftauchten, in keinem verwertbaren Zustand mehr befanden.

Doch in diesem Fall war das grundlegend schiefgegangen. Dieser spezielle Leichnam in Norwegen war nach nicht einmal vier Wochen aufgefunden worden, und einem findigen Pathologen waren die Läsuren an den Füßen aufgefallen, die sich nicht mit den übrigen Untersuchungsergebnissen in Einklang bringen ließen.

Daher strengte er eine größere Ermittlung an, und im Zuge derer wurde Sperma entdeckt. Ein winziger, winziger eingetrockneter Tropfen nur, von dem Lars nicht einmal wusste, wie er überhaupt dahin hatte gelangen können, wo er doch hätte schwören können, dass er immer so achtsam gewesen war.

Aber passiert war passiert, und insgeheim dachte er, dass es egal war, dass man sie trotzdem niemals finden würde und warum der Ältere überhaupt so einen Aufstand darum machte. Er selbst jedenfalls war seit seiner Jugendzeit nicht mehr auffällig geworden und demzufolge waren sowohl seine Akten als auch seine DNA aus dem System gelöscht worden – also was war so schlimm daran? Natürlich war er nicht dämlich genug, um irgendetwas davon laut zu äußern.

Sowieso kam das alles nur zustande, weil sein Mentor die Angewohnheit hatte, regelmäßig alle internationalen Zeitungen zu studieren, um sie penibel nach Meldungen zu durchforsten, die in irgendeiner Form mit ihnen zu tun haben könnten. Auch das war Lars bislang immer ein wenig übertrieben vorgekommen, doch nun bestätigte sich der Argwohn des Anderen auf unangenehmste Art und Weise. Trotzdem fühlte sich Lars angesichts seines Fehltritts unfassbar schlecht und wünschte sich in den folgenden Tagen manches Mal, einfach aufzuhören zu existieren. Früher war das nie der Fall gewesen. Er hatte rasch gelernt, die seltenen Momente, in denen er Erschöpfung oder Zweifel an ihrer Partnerschaft oder dem was sie taten, empfand, ebenso schnell zu verdrängen, wie sie auftraten.

Verwundert stellte er außerdem fest, dass seine Gedanken sich nicht selten zu Fred flüchteten, jenem hübschen Mädchen aus der Herberge auf Öland. Auch das war neu – nie vorher hatte er sich für eine konkrete Person interessiert, von Katharina einmal abgesehen. Irgendetwas an der jungen Frau hatte ihn wirklich beeindruckt, die Erinnerung an sie spendete ihm auf seltsame Art Trost und er fragte sich hin und wieder, was sie wohl in diesem Augenblick tat.

Nach seiner vielleicht, vielleicht aber auch nicht gewaltigen Entdeckung war Karl wie betäubt nach Hause gegangen. Den Sonntag hatte er verschwendet, zwischen glorreichen Heldengedanken und der ebenso gewohnten wie komfortablen Scheißegal–Einstellung pendelnd. Am Ende jedoch war ihm klar geworden, dass er zumindest mit jemandem darüber würde reden müssen, wollte er nicht den Rest seines kläglichen Verstands einbüßen. Nur mit wem? Nicht zum ersten Mal, ausnahmsweise aber schmerzhaft, musste er feststellen, dass er keine Freunde hatte. Schon in der Schule war er eher ein Einzelgänger gewesen und auch aus der Ausbildung hatte er dummerweise niemand Vertrautes mitgenommen.

Einmal im Jahr nahm er an einem obligatorischen Ehemaligentreffen seiner früheren Abteilung in der Kneipe teil, mehr private Kontakte hatte er eigentlich nicht. Nicht etwa, weil er andere Menschen ablehnte, Karl wusste einfach nichts mit ihnen anzufangen, empfand ihre Gesellschaft zumeist eher als anstrengend und blieb daher lieber für sich. Dazu gingen ihm, mangels Familie, Hobbys oder spannender Erlebnisse im Beruf, immer rasch die Gesprächsthemen aus, wenn er sich doch einmal dazu gezwungen sah, sich mit jemandem zu unterhalten. Jetzt aber hätte er einen Ansprechpartner bitter nötig gehabt, spürte, wie ihn Überforderung lähmte und fand den Gedanken daran, mit seiner Entdeckung als Erstes zu seiner Chefin zu gehen, die ihm ohnehin zuwider war, beinahe unerträglich. Da diese Sympathie auf Gegenseitigkeit beruhte, bedurfte es keiner hellseherischen Fähigkeiten, um zu wissen, dass sie ihm vermutlich sowieso nicht glauben würde. Und sein Bedürfnis, gedemütigt zu werden, tendierte im Moment klar gegen null.

Daher saß Karl montags unentschlossen in seinem Büro und wusste nicht, was er als Nächstes tun sollte. Schließlich entschied er, fürs Erste lieber weiter zu recherchieren und zu sehen, was dabei herauskam – vielleicht erwies sich ja doch noch alles als purer Zufall. Dann hatte er sich nicht lächerlich gemacht und konnte unauffällig wieder zur angenehmen Routine übergehen. Also warf Karl verdrießlich seinen laut ächzenden Rechner an, stellte erst einmal eine Liste mit möglichen Opfern zusammen und begann nach einer Reihe von Kriterien auszusortieren, um den Kreis einzuengen.

Als Erstes strich er Kinder und sehr alte Menschen, dann solche, bei denen ein Unfall, Suizid oder eine natürliche Todesursache nahelag. Schließlich entfernte er die, bei denen der Mord mit Vergewaltigung oder Raub einhergegangen war, da Karl der Einfachheit halber annahm, dass ein Serientäter nicht aus mehreren verschiedenen Motiven handeln würde. Letztendlich entfernte er noch diejenigen, deren Leichen leicht zu finden gewesen waren: Wenn es einen Menschen gab, der so oft und über einen möglicherweise derart langen Zeitraum unentdeckt mordete, nannte dieser höchstwahrscheinlich eine sehr umsichtige Natur sein Eigen. Denn instinktiv war er sich absolut sicher, dass diese Serie kein Werk eines Anfängers darstellte, dass sie weiter, vielleicht sogar viel weiter in die Vergangenheit reichte.

Aus seinen Nachforschungen resultierten am Ende nur noch 20 ins Schema passende Todesfälle, in denen es zuvor keine nennenswerten Verdachtsmomente wie Angriffe, Beziehungsdramen, Drohbriefe oder Stalking gegeben hatte. Doch als er diese in mühsamer Arbeit mit Opfern unter ähnlichen Bedingungen in den zwei Jahrzehnten zuvor verglich, übertrafen sie den Durchschnitt immer noch bei Weitem. Unwillig musste er zugeben, dass zumindest eine gute Wahrscheinlichkeit dafür bestand, dass seit geraumer Zeit ein internationaler Serientäter sein Unwesen trieb, ohne dass es irgendjemandem aufgefallen war. Und zwar mit einer Opferzahl bislang unbekannter Ausmaße, insbesondere, wenn man die Möglichkeit bedachte, dass nicht alle Toten gefunden worden waren oder es solche in weiteren Ländern gab.

Gleichzeitig war Karl klar, dass er eigentlich wirklich, wirklich nichts damit zu tun haben wollte – insbesondere eingedenk der ungeahnten Dimensionen an Stress und Ärger, die es für ihn bedeuten würde, wenn er recht behalten sollte. Andererseits aber reizte es ihn, er konnte das, was er herausgefunden hatte, irritierenderweise nicht mehr einfach ignorieren oder ausblenden. Etwas, das ihn, schon angesichts seiner sonst dahin gehend hervorragenden Fähigkeiten, selbst verwunderte.

Überrascht stellte er kurz darauf fest, dass er zwar gedankenverloren an seinem Sandwich gekaut, aber völlig vergessen hatte zu rauchen, und das, obwohl es bereits nach 15Uhr war. Alles, aber auch alles brachte diese unangenehme Sache durcheinander! Auf dem Dach angekommen, blies Karl nachdenklich Rauchkringel in die laue Luft und gestand sich seufzend ein, dass er vielleicht doch zu seiner ungeliebten Chefin würde gehen müssen. Wieder unten angekommen, konnte er sich jedoch nicht dazu durchringen, tat dies, tat das, drückte sich vor dem Gespräch und sah schließlich den Aktenstapel – seine eigentliche Arbeit! – durch. Der hatte sich am Wochenende und über den Tag hinweg zu einem beeindruckend großen, windschiefen Haufen aufgetürmt. Und bot zum ersten Mal die bessere Alternative.

Was er allerdings zwischen Vermisstenanzeigen und Verkehrsunfällen vorfand, ließ ihm den Atem stocken: In Norwegen war die Leiche einer jungen Frau entdeckt worden, auf die alle Kriterien, die er festgesetzt hatte, zutrafen – nur, dass hier noch jemand misstrauisch geworden war und Ermittlungen eingeleitet hatte. Ein Tropfen Samenflüssigkeit war gefunden worden, was ihn verwunderte, da es nicht in sein Schema passte, jedoch war sie nicht vergewaltigt worden, weswegen er sie trotzdem seiner Liste zuordnete. Ob er wollte oder nicht, spätestens jetzt würde er es melden müssen.

Das folgende Gespräch erwies sich als eine einzige Enttäuschung. Karl strengte sich wirklich an, seiner Chefin strukturiert und logisch auseinanderzusetzen, was ihm aufgefallen war. Er selbst jedenfalls befand im Nachhinein, dass er sich gar nicht so übel geschlagen hatte. Sie aber starrte ihn nur an, als sei er soeben tentakelbestückt mit einem UFO vom Mars gelandet und hätte ihr angeboten, gemeinsam Eier im Pazifik zu legen. Dann begann sie etwas von statistischen Ausreißern zu faseln, und er wusste sofort, dass er die Sache verloren geben konnte. Die folgende Tirade ließ er teilnahmslos über sich ergehen: Dass er sich nur wichtig machen wolle, dass er sich all diese Gemeinsamkeiten lediglich einbilde, schon des ganz unterschiedlichen Alters, Geschlechts und der Herkunft der vermeintlichen Opfer wegen. Von den Ländern ganz zu schweigen – wie sollte ein Täter das schaffen? Wovon leben und dabei unauffällig bleiben? So etwas hatten sie hier nicht, das geschah nur in schlechten Krimis.

Frustriert und enttäuscht zog er schließlich ab, packte seine Sachen und machte sich auf den Heimweg, um seine Gedanken in einem, zwei oder wie viele auch immer es benötigen würde, Glas Wodka zu ertränken. Er hatte vielleicht noch nie in seinem Leben so viel an einem Tag gearbeitet, dachte er wütend – das hatte er also davon. Naja. Dann halt nicht.

Nach einer Weile hatte sich die Situation beruhigt und ihr Verhältnis wieder auf Normalniveau eingependelt. Lars hatte zwar, schon aus einem gewissen Trotz heraus, darauf verzichtet, sich erneut zu entschuldigen, wäre im Grunde ohnehin zu stolz dafür gewesen, aber der Ältere schien es zu akzeptieren und behandelte ihn wie gewohnt. Innerlich jedoch fraßen dessen Worte immer noch an Lars, hatten sich tief in seine Seele gebohrt, obschon er es nicht einmal vor sich selbst zugeben mochte. So oder so war er froh, als sie endlich in Uppsala ankamen, da die Stadt wenigstens eine gewisse Ablenkung versprach. Normalerweise wusste er die Einsamkeit zu schätzen, doch da der Ältere die Jagd aus Vorsicht vorerst für eingestellt erklärt hatte, war Lars für ein wenig Abwechslung durchaus dankbar. Auf der Fahrt dorthin glitten seine Gedanken automatisch wieder zurück in seine Jugend.

Als er vor langer Zeit gelesen hatte, dass sich Serienmörder angeblich durch das Quälen von Tieren, Zündeln und Bettnässen hervortaten, hatte er nur verächtlich geschnaubt. Bettnässen? Er hatte nie … nagut, nur ganz selten … ins Bett gemacht. Und Feuer konnte er nicht ausstehen, es ängstigte ihn, schnell und unkontrollierbar, wie es war. Damit war es das genaue Gegenteil von dem, was ihm gefiel. Er mochte nichts, das er nicht beherrschen konnte. Das erste Ding überhaupt, das er getötet hatte, war allerdings tatsächlich eine Katze gewesen. Im Nachhinein hätte er nicht mehr sagen können, ob es aus Wut oder Langeweile geschehen war, oder vielleicht einer Mischung aus beidem. Ganz sicher aber aus Trotz und dem Bedürfnis sich abzulenken.

Dem jungen Kater war Lars' verzweifelte Suche nach etwas, das Katharinas Bilder in seinem Kopf überblendete, zum Verhängnis geworden. Er hatte das Tier im, seit dem Tod seiner Schwester zunehmend verwildernden, Garten entdeckt und noch bevor er einen klaren Gedanken hatte fassen können, schon gepackt und ihm das Rückgrat gebrochen. Ganz unvermutet hatte ihn eine heftige, ungezügelte Wut überkommen. Das Vieh hatte trotzdem noch gelebt, also hatte er ihn mitgenommen und mit vier großen Zimmermannsnägeln, die er in der Garage gefunden hatte, an einen Baum geschlagen. Dann hatte er, fast schon wie weggetreten, davor gesessen und ihm beim Sterben zugesehen. Was, oder warum er es getan hatte, begriff er in dem Moment nicht. Lars war es damals vorgekommen, als handele ein Anderer an seiner statt, einer, der ganz genau wusste, was er tat. Trotzdem war es das erste und letzte Tier gewesen, das er gemartert hatte. Nicht etwa, weil er sich geschämt, sondern weil er, ganz im Gegenteil, enttäuschenderweise überhaupt nichts dabei empfunden hatte. Erst viel später war ihm bewusst geworden, dass vielleicht genau das ein Problem darstellte.

Uppsala gefiel Fred von Anfang an gut. Obgleich bloß halb so groß wie Malmö, schien der Ort vor Leben nur so zu pulsieren. Sie fand eine ebenso bunte wie billige Unterkunft nahe des Zentrums und erkundete dann die Umgebung, sicher, dass sie wenigstens zwei Tage hier verbringen würde. Auch in dieser Stadt gab es einen wunderschönen Dom in warmen Farben, mit besonders eindrucksvollen Buntglasfenstern. Zudem spielte ihr das Wetter zu, es blieb angenehm mild und sie spazierte den ganzen Tag entspannt durch die unterschiedlichsten Viertel. Abends setzte sie sich in ein großes Irish Pub, das damit warb, hundert Sorten Bier zu verkaufen – ganz allein und sich mutig vorkommend – und beobachtete die Menschen um sie herum. Ihrem Eindruck nach konnte man Schweden und Schwedinnen zumindest nicht nachsagen, keine Partygänger zu sein. Für ihre Maßstäbe war hier jeder schick genug herausgeputzt, um auf der Stelle auf einem Laufsteg posieren zu können, sodass sie sich in ihrer funktionalen Sportkleidung regelrecht abgewrackt vorkam.

Nach einiger Zeit wurde es Fred jedoch langweilig und sie versank in Gedanken, derweil sie die dritte Biersorte, und sogar einen geschmacksarmen Birnencider, probierte. Zum ersten Mal seit Reisebeginn gestattete sie sich, wenigstens behutsam über eine mögliche Zukunft nachzusinnieren. Noch wagte sie, nicht sehr lange vorauszuplanen, überlegte bloß, wie sie vielleicht die nächsten Monate, möglicherweise das kommende Jahr verbringen sollte. Ihre finanziellen Mittel würden keine großen Sprünge mehr erlauben, spätestens in einigen Wochen würde sie sich entschieden haben müssen.

Der Gedanke daran, nach Deutschland zurückzukehren und ihr Studium wiederaufzunehmen, kam ihr allerdings immer noch absurd vor – vielleicht irgendwann einmal, aber ganz bestimmt nicht jetzt. Sollte sie also doch noch einmal versuchen etwas Geld zu verdienen und ein weiteres Land zu erkunden? Sie hätte unbenommen zugegeben, dass der Reiz des Reisens sie längst in seinen Bann geschlagen hatte. Zumindest Finnland hätte sie gerne einmal besucht. Wobei sie auch gehört hatte, dass es gerade dort besonders teuer sein sollte. Und dann? Vielleicht könnte sie ja auf längere Sicht in einem Hostel oder einer Pension arbeiten? Immerhin hatte sie die passende Ausbildung dazu und es wäre ja nicht für den Rest ihres Lebens. Der Gedanke ließ sie sich ungeahnt frei und leicht fühlen – egal was geschehen würde, nach dieser Reiseerfahrung könnte sie sich, wenn es hart auf hart käme, in irgendeinem anderen Land ansiedeln und ganz von vorne anfangen.

## 9

Auch nachdem Lars die Angelegenheit als einigermaßen bereinigt betrachtete, redeten sie kaum ein Wort
miteinander. Ihm war das nicht unangenehm, er hatte
selbst seine schweigsamen Phasen und war froh, dass
der Andere das respektierte. Nachdem sie sich in der
Herberge eingerichtet hatten, ging der Ältere duschen,
während Lars die Küche erkunden wollte, da er heute
mit Kochen an der Reihe war. Als er den Raum allerdings gerade betreten wollte, entdeckte er, dass eine
Person am Herd werkelte, deren schöne Silhouette er
auf der Stelle wiedererkannte: Fred. Stocksteif und ohne
einen Ton zu sagen, blieb er stehen und beobachtete die
Ahnungslose unbemerkt eine Zeit lang, mit seinen rasch
wechselnden Gefühlen hadernd und unentschlossen,
wie er weiter vorgehen sollte.

Einerseits freute er sich ausgesprochen, sie zu sehen,
so sehr sogar, dass es ihn selbst überraschte. Andererseits hatte er gehofft, ihr nicht erneut zu begegnen, denn
er spürte zum ersten Mal unwillkürlich kalte Angst vor
den sonst so vertrauten Wünschen des Älteren. Würde
er wirklich ...? Nein, sicher nicht, das wäre zu auffällig.
Wiederum hätte er sich natürlich nur zu gern mit ihr
unterhalten, sich daran erinnernd, wie wohl er sich
beim letzten Mal dabei gefühlt hatte. Nichtsdestotrotz
überlegte er kurz, ob er einfach wieder gehen, irgendeine dumme Ausrede erfinden und sie beide damit wieder aus dem Hostel lotsen könnte, bevor der Andere
ihre Anwesenheit bemerkte. Doch letztendlich wusste

er, dass das nutzlos gewesen wäre – der Ältere hatte einen untrüglichen Instinkt, was diese Dinge anging und würde seine Lüge sofort bemerken. Also betrat er nach einem tiefen Atemzug den Raum und sagte vorsichtig „Hallo".

Als sie die leise Stimme hinter sich vernahm, drehte Fred sich überrascht um und registrierte verwundert das beschwingte Gefühl, das sie beim Anblick des vertrauten Gesichts überkam. Mit beidem hatte sie nicht gerechnet. War sie vielleicht doch einsamer gewesen, als sie zuvor gedacht hatte? Auf jeden Fall war sie enorm froh in all der Fremde, all den Umbrüchen der letzten Monate unerwartet einen Menschen zu sehen, den sie kannte und mochte. Dementsprechend strahlend lächelte sie ihm nun auch entgegen.

„Hallo! Kocht ihr jetzt auch hier?"

Im gleichen Moment biss sie sich auf die Zunge – war ihr nichts Grenzdebileres eingefallen? Wozu sollte er sonst in der Küche stehen, um ihr einen Strauß Blumen zu überreichen vielleicht? Ihn jedoch schien ihre überflüssige Frage nicht im Geringsten zu stören. Im Gegenteil, er lächelte schüchtern zurück, trug umständlich zwei wohlgefüllte Einkaufstaschen hinein, die am Eingang stehen geblieben waren, und kochte bald etwas Duftendes, das sie in gewohnter Manier neidisch beäugte. Kurz darauf betrat auch der Ältere den Raum und begrüßte sie in seiner wie üblich zurückhaltenden Art - nichtsdestotrotz wie eine alte Bekannte. Sie setzten sich zum Essen zu dritt an einen Tisch und unterhielten sich, als hätten sie das erst gestern und auch schon seit Jahren regelmäßig genauso getan.

Fred merkte, wie ihr warm wurde, sie sich unwillkürlich entspannte und den Abend in vollen Zügen genoss, sogar einen oder zwei vorsichtige Scherze wagte. Später im Bett lag sie noch eine Weile wach und fragte sich, was ihre Eltern wohl von all dem halten mochten, von der Reise, ihren neuen Bekannten und ihrer eigenen Veränderung. Diese Art der Überlegungen war ihr wohlvertraut, sie begleiteten sie bereits seit deren Tod, mal mehr, mal weniger, und wieder häufiger, seit sie in Schweden unterwegs war. Ganz früher hatte sie das oft als belastend, ja beinahe schon als eine Art der Kontrolle über sich empfunden, doch mittlerweile gefiel es ihr. In ruhigen Momenten sprach sie gerne mit ihnen, um ihnen alles Mögliche zu erzählen, das sie gerade berührte. Sie hatte den Eindruck, dass es ihr Erleichterung verschaffte, und in wenigen, ganz besonderen Augenblicken sogar, als hörten sie ihr tatsächlich zu.

Fred war nicht die Einzige, die in dieser Nacht wach lag, wenn Lars' Gedanken auch deutlich finsterer Natur waren. Kaum hatte die junge Frau sich verabschiedet, zog er sich auf eine der Bänke im ruhigen Innenhof zurück und rauchte. Er tat das nur gelegentlich, es war eine schlechte Angewohnheit, eine Schwäche, wie sein Mentor von Zeit zu Zeit mit zusammengezogenen Brauen zu bemerken pflegte, aber es beruhigte eben seine Nerven.

118

Und das hatte er gerade definitiv nötig. Denn er mochte das Mädchen einfach mehr als er sollte, mehr als für ihn und vor allem mehr als für sie gut war, das musste er nun wenigstens vor sich selbst gestehen. Vor allem aber fürchtete er mittlerweile, dass seine Gesellschaft sie in ernsthafte Gefahr bringen könnte, egal wie oft er versuchte, sich den Gedanken auszureden. Lars' Instinkt sagte ihm, dass es dem Älteren möglicherweise nicht gefallen würde, ihn auf irgendeine Art und Weise teilen zu müssen. Genauer gesagt seine Loyalität, seine Aufmerksamkeit teilen zu müssen. Wie sollte er ihm glaubhaft versichern, dass sich nichts an allem ändern würde, nur weil er die junge Frau gerne hatte? Zumal ihn die furchterregende Ahnung beschlich, dass das vielleicht nicht einmal der Wahrheit entsprach. Egal, sie würde bald wieder in der Weite des Landes, der Weite der Welt verschwunden sein, dann wäre der Spuk ohnehin vorüber und sie außerhalb ihrer Reichweite, versuchte er, sein aufgewühltes Gemüt zu besänftigen. Es gelang nicht übermäßig gut.

Zuvor war er den ganzen Abend über entsetzlich nervös gewesen, auch wenn er es verbarg, so gut er es eben vermochte – ob der Ältere ihn trotzdem durchschaut hatte, dessen war er sich nicht ganz sicher. Das musste er unbedingt unterbinden. Andererseits fühlte er sich in Freds Gegenwart ebenso lebendig wie sonst nur auf der Jagd. Als er später im Bett lag, dachte er, dass er sich vielleicht auch einfach nur viel zu viele Sorgen machte. Der Ältere war vor allem Anderen vorsichtig, er würde es ganz sicher nicht riskieren, mit dem

Tod oder Verschwinden eines Mädchens in Verbindung gebracht zu werden, das man irgendwann einmal zusammen mit ihnen hätte gesehen haben können.

Und wenn doch ... Kurz blitzte die wagemutige Vorstellung in seinen Gedanken auf, sie zu beschützen. Na das hat ja schon bei Katharina hervorragend geklappt, konstatierte das unerbittliche Stimmchen in seinem Hinterkopf augenblicklich. Lars schauderte, brachte es gewaltsam zum Schweigen. Dann drehte er sich zur Wand und gab sich Mühe, zwang sich regelrecht, sich an das angsterfüllte Gesicht ihres letzten Opfers zu erinnern, bis er endlich tröstliche Erregung durch seinen Körper fließen spürte und aufhören konnte, an irgendetwas zu denken.

Karl arbeitete wie im Fieber und häufte zum ersten Mal in seinem Berufsleben Überstunden an. Er kannte sich selbst nicht mehr. Wenn er – viel später als üblich – nach Hause kam und den Fernseher einschaltete, konnte er sich weder auf das Programm konzentrieren noch entspannen. Selbst das Trinken half nicht mehr, obwohl er sich alle Mühe gab. Stattdessen wälzte er in nahezu jeder wachen Minute Theorien, die zunehmend wirrer wurden und sich zwischen irrem Serienkiller und internationaler Verschwörung bewegten. Er hatte in der vergangenen Woche verzweifelt versucht, neben ihren Fundorten mehr Gemeinsamkeiten zwischen den Toten zu finden. Allerdings scheiterte Karl schon daran, dass er nicht wusste, ob sie tatsächlich alle dem– oder denselben Tätern zuzuschreiben waren oder er nun doch anfing, sich Zusammenhänge einzubilden. Es gab einfach zu wenig Informationen.

Abgesehen davon, dass sie alle in sehr abgelegenen Gegenden und dazu häufig in oder in der Nähe von Jagdgebieten gefunden worden waren, gab es nur Eigenschaften, die er ausschließen konnte: Keines der Opfer war minderjährig, älter als 50, krank, behindert oder stark übergewichtig gewesen. Abgesehen von diesen Punkten schien es keine erkennbaren Präferenzen hinsichtlich Alter, Herkunft, Aussehen, Geschlecht oder sozialer Schicht zu geben. In keinem der Fälle war irgendwo im Umkreis des Leichnams eine Tasche, ein Rucksack oder ein Auto gefunden worden. Letzteres sagte Karl, dass der oder die Täter selbst über einen fahrbaren Untersatz verfügten. Und dass er seine Opfer zumindest eine kurze Zeit tot oder lebendig transportieren musste. Auch wenn das den Kreis der möglichen Mörder mitnichten einschränkte.

Ab davon hatte er jedoch nach wie vor nicht die geringste Idee, mit wem er es zu tun hatte. Auf jeden Fall einem guten Schützen, denn keines der Opfer, die gut genug erhalten geblieben waren, um überhaupt ein nützliches Untersuchungsergebnis zu liefern, wies mehr als zwei, in den meisten Fällen sogar nur eine tödliche Einschussverletzung auf. Außer dieser ließen sich keine signifikanten Verletzungen mehr nachweisen, mit einer einzigen Ausnahme - ein gebrochener Knöchel –, wobei das auch auf den schlechten Zustand der Überreste zurückzuführen sein mochte. Karl schrieb eine vermutlich nutzlose Mail an den zuständigen Pathologen, um in Erfahrung zu bringen, ob Einblutungen in den Bruch-linien festzustellen gewesen waren, was auf eine Verletzung zu Lebzeiten hingedeutet hätte.

Verdächtige hatte es jedenfalls durchweg kaum gegeben, hier und da war jemand verhört, in einem Fall sogar verhaftet worden, doch sofern überhaupt Ermittlungen stattgefunden hatten, waren sie samt und sonders ins Leere gelaufen. Anscheinend war bislang wirklich noch niemandem ein Zusammenhang aufgefallen. Wenn er es ehrlich zusammenfasste, musste Karl sich eingestehen, dass er keinerlei Anhaltspunkte für seine Vermutung hatte. Nun wäre er gerne einer dieser verhassten CSI-Typen gewesen, denn nicht einmal Karl selbst hielt sich auch nur im Entferntesten für kriminalistisch begabt. Seine Chefin beäugte sein Treiben derweil argwöhnisch, kommentierte es bislang jedoch nicht mehr. Immerhin schien das Ganze seinem Gewicht gut zu tun, denn er hatte in den letzten Wochen definitiv abgenommen, stellte er, halb sarkastisch, halb amüsiert fest. Nicht, dass es bei seinem unansehnlichen, eiförmigen Leib einen großen Unterschied gemacht hätte, aber es schadete sicherlich auch nicht, beschloss er sacht lächelnd.


Freds Zeit in Uppsala neigte sich dem Ende zu, und auch wenn sie gerne noch geblieben wäre – der Stadt, aber auch der Gesellschaft wegen – wusste sie, dass sie weiterziehen musste. Denn sie wollte zumindest so lange reisen, wie ihre finanziellen Mittel es zuließen, und da sie hier keine Arbeit fand, wurde es Zeit, wieder die Koffer zu packen. Nichtsdestotrotz bedauerte sie den Abschied. Und das war nicht der einzige Grund für die Melancholie, die diesen Abend tränkte: Vor allem hatte sie heute Geburtstag und erinnerte sich, bei spärlicher Beleuchtung allein an einem Tisch in der montäglich leeren Hostelküche sitzend, an das letzte Jahr. Damals schien die Welt noch in Ordnung zu sein, auf den ersten Blick jedenfalls. Auf den zweiten war sie schon zu diesem Zeitpunkt sehr bemüht gewesen, die immer deutlicher zutage tretenden Risse in der Beziehung zu Christoph zu ignorieren. Längst war es fast nur noch darum gegangen, zu überspielen, zu kaschieren, was eigentlich alles schief lief.

Aber an eben diesem Abend war er wunderschön romantisch mit ihr essen gegangen und hatte ihr einen sündhaft teuren Herzanhänger mit eingesetztem Diamant geschenkt. Unabhängig davon, dass dieser absolut nicht ihrem Geschmack entsprach und außerdem vom Geld ihrer Eltern bezahlt worden war, hatte sie sich für einige Stunden einbilden können, dass zwischen ihnen alles gut werden würde. Stattdessen saß sie nun, ohne zu wissen, wohin es weitergehen würde, mitten in Schweden und fühlte sich unvermittelt wieder sehr allein. Was tat sie hier bloß? In was für eine alberne, realitätsfremde Unternehmung hatte sie sich da gestürzt, einfach durch Skandinavien zu reisen und zu glauben, dass das irgendetwas ändern würde? Plötzlich war sie todtraurig.

Energisch riss Fred sich zusammen – Zweifel und Selbstmitleid nutzten niemandem etwas, am wenigsten ihr selbst. Außerdem... Diamant und Gold... sie hatte ihren gesamten – zugegebenermaßen nicht sehr umfangreichen – Schmuck eingepackt, als sie aus der gemeinsamen Wohnung geflüchtet war. Fred beschloss auf der Stelle, am nächsten Tag einen Juwelier aufzusuchen, um ihre Reisekasse aufzubessern. Zwar hatte sie keine Ahnung, wie viel so etwas wert war, aber wenig war es bestimmt nicht, wenn sie Christophs nicht gerade subtilen Andeutungen und ihrem Kontoauszug trauen durfte. Behalten würde sie nur das kleine, altmodische Kreuz ihrer Oma und zwei, drei andere schlichte Stücke, die sie wirklich mochte. Etwas ermutigt von diesem Entschluss straffte sie die Schultern und suchte nach einem positiveren Gedanken, als Lars' ruhige Stimme ihre Überlegungen in diesem Augenblick unterbrach, indem er ihr einen guten Abend wünschte.

Später nach dem Kochen setzten sie sich wie gewohnt zusammen, doch Fred war nach wie vor in Gedanken versunken, bis es auch den beiden Männern auffiel und sie nachfragten.

Fred blickte verlegen in die Runde und nuschelte schließlich ein leises „Ich habe heute Geburtstag, ist aber auch wirklich nicht so wichtig ..."

Doch der Ältere lächelte herzlich, dann gratulierten ihr beide und Lars entschuldigte sich kurz. Sie unterhielt sich unterdes mit dem Älteren, wobei ihr nicht zum ersten Mal auffiel, dass er zwar eloquent und freundlich war, aber jedes Gespräch oberflächlich blieb – er schien enorm darum bemüht, nichts von sich preiszugeben. Daran, dass sein Name ihr ebenfalls nach wie vor unbekannt war, hatte sie sich mittlerweile gewöhnt. Absurderweise wäre es ihr indiskret erschienen, ihn jetzt noch danach zu fragen. Fred hatte eine Weile über seine Verschlossenheit gerätselt, überlegt was und warum er es wohl verbergen mochte, dann jedoch beschlossen, dass er, ähnlich wie sie selbst, seine Gründe haben würde, die sie respektieren sollte. Kaum hatte Lars den Raum verlassen, sah sie der Ältere fragend an.

„Wie kommt es, dass du nicht daheim mit Freunden und Familie feierst?"

Sie wusste nicht genau, was sie hätte antworten sollen. Einerseits handelte es sich bei dem Thema ohnehin um ihren wunden Punkt, andererseits kam sie sich schlecht dabei vor, jemandem, der ihr so viel Unterstützung und Freundlichkeit zukommen ließ, ins Gesicht zu lügen. Also zuckte sie nur ein wenig hilflos die Schultern und blickte zu Boden. Er hakte trotzdem noch einmal nach – unsensibel, aber bestimmt nicht böse gemeint, beschloss sie insgeheim.

„Das heißt, es gibt niemanden, der daheim auf dich wartet? Das ist sehr schade."

Als sie auch diesmal bloß nickte, schenkte er ihr ein verständnisvolles Lächeln und ließ es damit zu ihrer Erleichterung auf sich beruhen.

Als Lars zurückkehrte, hielt er die Hände hinter dem Rücken verborgen und stellte, mit etwas schiefem, nervösen Grinsen, einen Muffin auf den Tisch. Darauf war – wo auch immer er es um diese Uhrzeit herhatte – ein brennendes Teelicht befestigt. Der Muffin war ein wabbeliges Produkt des hiesigen Automaten, doch das war

Fred egal, sie war so gerührt, dass sie sich zunächst nicht einmal bedanken konnte, weil sie damit beschäftigt war, ihre Tränen wieder herunterzuwürgen.

Der bemühte Schenker missinterpretierte das Schweigen, fragte unsicher nach:

„War das eine dumme Idee?"

und sie stammelte sofort:

„Nein … das ist toll … das ist echt so lieb!"

Fred drittelte behutsam den kleinen Kuchen und genoss verwundert den Eindruck, dass die stille, dunkle Hostelküche unvermutet gemütlich geworden war. Der Ältere verabschiedete sich bald, doch Lars stimmte zu, noch eine Dose Bier mit ihr zu trinken, denn gerade jetzt wollte sie einfach noch nicht zu Bett gehen.

„Wie alt bist du eigentlich geworden?"

„28.", antwortete sie fast schüchtern und wagte dann die Gegenfrage, denn er war einer der Männer, deren Alter fast unmöglich zu schätzen war – er hätte ebenso gut wenige Jahre jünger als auch zehn Jahre älter sein können als sie selbst.

„32."

Lars sah sie abwartend an, beinahe als erwarte er Kritik an diesem Umstand, doch Fred lächelte nur. Es war lange her, dass sie sich einfach so mit einem Mann, geschweige denn allein, unterhalten hatte.

Das Gespräch plätscherte vor sich hin, sie öffneten zwei weitere und dann noch einmal zwei Dosen Bier, das half, die Zunge zu lösen. Schließlich überwand sich Fred und erzählte Lars von ihrer Unschlüssigkeit den zukünftigen Reiseverlauf betreffend. Zwar verschwieg sie das Warum ihrer eigenartigen Odyssee, erwähnte jedoch, dass ihre Finanzen nicht mehr allzu viel Spielraum übrig ließen. Der junge Mann war sehr zurückhaltend, kommentierte nur sparsam, erwies sich jedoch als guter Zuhörer – Fred hatte den Eindruck, dass auch er nicht allzu viel Umgang mit fremden Menschen gewöhnt war.

Schließlich aber meinte er: „Vielleicht willst du ja bis zur nächsten Stadt mit uns fahren?"

„Klar, gerne, wenn euch das nicht stört!", stimmte sie überrascht aber begeistert zu, merkte allerdings, dass er schuldbewusst wirkte, kaum hatte er es ausgesprochen.

Vermutlich musste er so etwas normalerweise erst mit seinem Freund absprechen. Sofort beschloss sie, am nächsten Tag nicht darauf zu bestehen, um ihn nicht in Verlegenheit zu bringen, sondern es ihm zu überlassen, ob er noch einmal darauf ansprach. Ohnehin nahm sie an, dass nicht er im undurchsichtigen Verhältnis der beiden das Sagen hatte, denn der Ältere strahlte, trotz seines eher unscheinbaren Äußeren, eine intensive, natürliche Autorität aus.

## 10

Lars lag im Bett und kaute heftig auf seinen Wangen vor Anspannung und Reue, den Schmerz spürte er nicht. Was hatte ihn nur geritten, so etwas vorzuschlagen? Er machte sich weniger Sorgen, dass der Ältere etwas dagegen haben und wütend werden könnte – dann bekäme er eben Ärger, das würde er überstehen, wäre ja nicht das erste Mal. Was aber, wenn seinem Mentor die Idee gefiel? Genauso gut hätte er sie ihm gleich zum Fraß vorwerfen können!

Andererseits, war sie nicht vielleicht dann sogar sicherer? Das hätte doch nicht zum enormen Bedürfnis seines Mentors nach Unauffälligkeit, eigentlich schon fast Unsichtbarkeit, gepasst. Denn je öfter der Ältere mit ihr zusammen war und beobachtet werden konnte, desto weniger würde er riskieren, sie für die Jagd auszuwählen, oder? Lars versuchte, sich mit dieser Überlegung zu trösten, doch es gelang ihm nicht allzu gut. Situationen, die ihn verwirrten, die er nicht verstand, die sich seiner Kontrolle entzogen, waren ihm verhasst und ängstigten ihn.

Anstatt Ruhe zu finden, musste er unwillkürlich wieder an Früher denken, an die Zeit, bevor er den Älteren gekannt hatte. Nach Katharinas Tod war er lange wie betäubt gewesen. Zwei Jahre lang hatte Lars sich nicht mehr angerührt und selbstverständlich waren auch Pornos tabu gewesen. Hatte er sich auch nur bei dieser Sorte Gedanken erwischt, hatte er versucht, sich abzulenken, mit Sport, Arbeit und zur Not auch mit

Gewalt, koste es, was es wolle. Manches Mal schlug er die Faust gegen die Wand, fest genug, als dass die den Arm hinaufrasenden Schmerzblitze alles Andere betäubten. Er ahnte, dass sein an ihm nagendes und reißendes Gewissen alles übertraf, was er sich selbst hätte antun können.

Das änderte sich erst langsam, nachdem er ausgezogen war. Kaum war er dem giftigen Dunstkreis seiner Mutter entwichen, schrumpfte auch der Selbsthass auf ein erträgliches Maß. Lars konnte der Versuchung nicht mehr widerstehen und die Hormone forderten ebenfalls endlich ihren Tribut. Aber einige Gewohnheiten und Gefühle hatten sich tief eingebrannt und die Idee, freiwillig unter Menschen zu gehen, vielleicht sogar nach einer Partnerin zu suchen, erschien ihm zunächst absurd. Daher begann er sich nach und nach wieder mit den Freuden des Internets zu beschäftigen. Schnell merkte er jedoch, dass er mit den normalen Filmchen immer noch wenig bis nichts anfangen konnte.

Gleichzeitig sammelte er zögerlich doch erste eigene Erfahrungen mit dem anderen Geschlecht. Vielleicht lag es daran, dass ihm die Online-Erotikportale keinen rechten Spaß machen wollten: Er konnte das Gefilmte unmöglich mit sich selbst oder seinen mühsamen und eher frustrierenden Versuchen, Geschlechtsverkehr zu praktizieren, in Einklang bringen. So klickte er sich ratlos und nicht selten angeekelt durch die verschiedenen Fetische und Vorlieben und glaubte schon, dass es schlicht nichts gab, das ihn interessierte. War er vielleicht einfach nicht normal?

Dann aber stieß Lars eines Nachts auf ein Video, in dem eine Frau durch den Wald flüchtete – auf Stöckelschuhen und in Reizwäsche zwar, was ihn mangels Realismus störte, nichtsdestotrotz war er ungewohnt fasziniert. Je länger er ihrer Flucht und der gespielten Furcht in ihrem Gesicht zusah, desto erregter wurde er. Das war Macht: Jemanden zu hetzen, ihn vor sich her zu treiben, bar jeder Möglichkeit zu entkommen! Schließlich holten ihre Häscher sie ein und was dann kam ... nun, was dann kam, interessierte ihn zu seiner eigenen Verwunderung erheblich weniger. Nach Ende des Films saß er verwirrt auf seinem schmalen Bett und fragte sich, was diesmal so anders gewesen war als bisher. Er fand es nicht heraus, obwohl es ihm wochenlang keine Ruhe ließ.

Die einzige andere Beschäftigung, der er sonst in seiner Freizeit gerne nachging, war die Jagd. Sein Onkel hatte Lars bereits mit zwölf Jahren zum ersten Mal mitgenommen und er hatte bald entdeckt, dass es ihm wirklich Spaß machte - ein in seinem Leben sonst eher rar gesätes Gefühl. Mittlerweile hatte er längst ausreichend Erfahrung, um alleine auf die Pirsch zu gehen. Daher war eine der ersten Investitionen seines mageren Lehrlingslohns eine kleine Pacht gewesen, auch wenn er sie sich aus finanziellen Gründen anfangs noch mit einem weiteren Pächter hatte teilen müssen.

Von da an verbrachte Lars während der Saison jedes zweite Wochenende auf dem Ansitz und war selbst dann zufrieden, wenn er mit leeren Händen zurückkehrte. Allerdings kam es dabei nun immer häufiger vor, dass er an jenen Film zurückdenken musste, das eigentliche Ziel völlig vergaß und sich stattdessen dort oben auf dem Hochsitz etwas ganz anderes vorstellte als Kaninchen und Wildschweine. Bald lagerte er vorausschauend eine Rolle Toilettenpapier unter der kleinen Holzbank – obwohl er gleichzeitig um keinen Preis hätte zugeben wollen, was er da tat. Ja, es nicht einmal still für sich selbst eingestehen mochte. Seltsam und irgendwie abartig kam er sich dabei vor. Das allerdings sollte sich schlagartig ändern, wenn auch vollkommen anders als gedacht.

An diesem besonderen Samstagabend konnte er sich zunächst nicht recht entschließen. Einerseits hatte er bei der Anfahrt ein kleines Rudel Kahlwild beobachtet, das er später vor die Flinte zu bekommen hoffte. Andererseits musste er immer wieder an diese andere Sache denken, es gelang ihm partout nicht, sich zu konzentrieren. Dementsprechend abgelenkt riss er das Gewehr hoch, als er in der Dämmerung einer Bewegung gewahr wurde. Noch bevor er richtig sah, was er vor sich hatte, schoss er, ohne zu zielen. Lars wusste sehr wohl, dass das über alle Maßen unprofessionell war und unter normalen Umständen hätte er auch nicht auf diese Art reagiert. Aber das, was in seinem Kopf abgelaufen war, hatte ihn kurz durcheinandergebracht.

Als er durch das Fernglas blickte, stockte ihm fast der Atem. Das, was er da auf der Lichtung entdeckte, leicht schwankend und scheinbar wie paralysiert, war kein Reh, sondern eine junge Frau. Schockstarr glotzte er durch die Linse. Was hatte die hier überhaupt verloren?

Das war doch ein Privatgrundstück! Eine verirrte Joggerin oder Spaziergängerin vielleicht, beantwortete sein Gehirn die Frage unbeeindruckt und dienstbeflissen. Schlank. Graue Sportschuhe, Trainingsanzug, Kopfhörer. Der Schuss hatte den rechten Arm durchschlagen, sie blutete heftig, es lief den Ellbogen hinab und tropfte auf den Boden, aber sie stand noch. Dann taumelte sie einige Schritte vorwärts und wandte sich zu ihm um. Ihre Miene traf ihn wie ein Schlag, heiße Erregung wallte unmittelbar durch seinen Körper und presste seine Erektion schmerzhaft gegen den Reißverschluss. Als stünde er unter Zwang legte er erneut an, brachte Kimme und Korn ruhiger Hand auf eine Linie und zog den Abzug – ein sauberer Blattschuss. Sie stürzte zu Boden wie gefällt und Lars machte im gleichen Moment seine Hose nass.

Erst Minuten danach schwappte Panik über seinen leeren Geist, Lars rannte zu ihr hin, kniete fassungslos neben dem leblosen Körper nieder, weinend vor Schreck über das, was er angerichtet hatte. Als er sich wieder beruhigt hatte, trug er die erkaltende Leiche unter größten Anstrengungen hinüber auf die Nachbarpacht, von der er wusste, dass sie kaum je begangen wurde. Hier warf er sie in die tiefe Senke eines alten Bachlaufs, bedeckte sie mit Blättern und wollte eigentlich nur noch vergessen, was gerade passiert war. In der Hoffnung, genau das zu erreichen, besoff er sich am nächsten Abend zum ersten Mal in seinem Leben methodisch. Doch es nutzte nichts, die Bilder blieben.

In der Folge ging er drei Monate lang gar nicht mehr jagen – zu verwirrend und erschreckend war das Geschehene. Gleichzeitig gab es fast keine Nacht, in der ihm eben diese Erinnerung nicht qualvoll befriedigende Momente bescherte. Ob er es nun einsehen wollte oder nicht, er hatte gefunden, was er gesucht hatte.

Am nächsten Morgen musste Fred tatsächlich ein Aspirin gegen den leichten Kater nehmen – das war ihr, abgesehen von der Nacht in Tyresta, schon lange nicht mehr passiert. Also kuschelte sie sich lieber noch eine gute Stunde in die Decken, nachdem der Wecker geklingelt hatte. Als sie sich schließlich doch aufgerafft hatte, frühstückte sie in der vormittäglichen Stille der gänzlich leeren Hostelküche und machte sich auf den Weg zu einem Juwelier in der Nähe, den sie bei ihrer Stadtbesichtigung entdeckt hatte. Dort legte sie selbstbewusst ihre Kette mitsamt Anhänger auf den Tresen und erklärte, dass es sich um einen goldgefassten Diamanten handele, den sie gerne verkaufen wolle. Der Händler nickte fachmännisch und nahm eine Lupe zur Hand.

Eine Weile des Begutachtens später warf er ihr über den Rand seiner runden Brille hinweg einen kritischen Blick zu.

„War das ein Geschenk?"

Fred bejahte leicht verunsichert.

„Also, das ist zwar Gold, aber nur 333, hier kannst du den Stempel sehen...", er reichte ihr Anhänger und Lupe, „...und der Stein ist leider ein Zirkon und kein

Diamant. Es ist nicht so, dass das überhaupt nichts wert wäre, aber mehr als 650 Kronen kann ich dir dafür nicht geben."

Zusammen mit den anderen zwei leichten Goldketten, die sie loswerden wollte, wäre er allerdings bereit, die Summe auf die vierte Stelle aufzustocken. Fred nickte zu all dem bloß, nahm das Geld und verließ – gedemütigt unter seinen mitleidigen Blicken – mit hängenden Schultern das Geschäft. So viel zu Christophs Ehrlichkeit und großer Liebe – das hätte sie eigentlich ahnen müssen. Was er mit der Summe, die er von ihrem Konto abgehoben und angeblich für das Präsent ausgegeben hatte, in Wirklichkeit gemacht hatte, wollte sie lieber nicht wissen. „Koks und Nutten.", schlug ihr Verstand unangenehm hilfsbereit vor.

Nach einem langen Spaziergang hatte sie die Enttäuschung einigermaßen verdaut und kehrte ins Hostel zurück. Als sie sich ein Mittagessen aus Tomaten, Käse und Brot zubereitete, betraten Lars und der Ältere den Raum, begrüßten sie wie eine alte Freundin und setzten sich zu ihr an den Tisch. Fred fragte sich nun doch kurz, ob sie sie das gestrige Angebot erwähnen sollte, beließ es dann aber bei ihrer Entscheidung, bevor sie Lars damit versehentlich in die Bredouille brachte. Es stellte sich jedoch heraus, dass das gar nicht notwendig gewesen wäre, denn der Ältere kam von sich aus darauf zu sprechen.

„Lars hat mir berichtet, dass du gerne weiterreisen möchtest, aber dich ein wenig in finanziellen Nöten befindest?"

„Ja, so ungefähr…", erwiderte sie befangen.

„Wir werden weiter in den Norden Schwedens bis nach Lappland fahren, um dann möglicherweise die Grenze nach Finnland zu überqueren. Entspricht das in etwa deiner Reiseroute?"

Fred nickte zögerlich – es war ja nicht so, als gäbe es tatsächlich etwas in der Art.

„Arbeitest du üblicherweise für dein Geld?"

Sie nickte erneut, wenn auch eine misstönende Stimme warnend in ihrem Hinterkopf erklang. Doch was ihr Gegenüber dann offerierte, unterschied sich definitiv von ihren vage sexuellen Befürchtungen.

„Ich würde dir vorschlagen, dass du unsere Wäsche wäschst, sobald eine Waschmaschine verfügbar ist, einmal in der Woche das Auto putzt und wir uns mit kochen und einkaufen abwechseln. Im Gegenzug fährst du gratis mit und wir bezahlen Unterkunft sowie Verpflegung, sofern es sich nicht um Sonderwünsche handelt. Bist du damit einverstanden?"

Fred stimmte sofort zu, erstaunt, aber erfreut, dass plötzlich alles so einfach zu sein schien und sich ihre neuen Freunde als derart großzügig erwiesen. Lars stand mit unbewegtem Gesichtsausdruck daneben und sagte die ganze Zeit über kein einziges Wort, doch sie nahm an, dass er es billigte – immerhin hatte er die Idee überhaupt erst auf den Tisch gebracht. Und so war es beschlossene Sache: Von nun an würden sie gemeinsam reisen.

Am nächsten Morgen begann ihre Fahrt zu dritt bei strahlendem Sonnenschein. Fred kam sich vor wie auf einem Wochenendtrip mit Freunden, so entspannt gestaltete sich die Atmosphäre im Auto. Zumindest hätte sie sich das in etwa so vorgestellt – tatsächlich hatte sie einen solchen Ausflug nie unternommen. Auch das Wetter war prächtig, und sie schnupperte zwischendurch aus dem offenen Fenster hinaus in die frische Luft. Bloß Lars erschien ihr ungewöhnlich still. Andererseits war er auch sonst nicht gerade als geschwätzig zu bezeichnen, vielleicht hing er einfach seinen eigenen Gedanken nach, wie sie auch. Fred stellte fest, dass es sie doch manchmal gereizt hätte, in solchen Momenten einen Blick in seinen Kopf werfen zu können. Wer weiß, vielleicht dachte er ja dasselbe über sie? Nach ein paar Stunden traute sie sich, zu fragen, ob sie nur fahren, oder zwischendurch auch etwas unternehmen würden.

Der Ältere lächelte nonchalant zu ihr herüber – Lars und sie wechselten sich auf dem Beifahrersitz ab – „Natürlich, was schwebt dir vor?"

„In der Nähe von Engelsberg gibt es wohl so eine Eisenhütte, die zum UNESCO Weltkulturerbe gehört, vielleicht können wir ja einen Abstecher machen und uns die gemeinsam ansehen?"

„Gute Idee."

Sie fanden den Ort ohne viel Mühe anhand der Ausschilderung und entdeckten auch das große, teilweise im berühmten, allgegenwärtigen Falunrot gestrichene Hüttenwerk. Es handelte sich um ein geräumiges Holzgebäude, dessen Besichtigung 120 Kronen kostete und etwas mehr als eine Stunde in Anspruch nahm. Fred war beeindruckt von der Schmiede, dem Hochofen aus dem 19. Jahrhundert und den Fertigkeiten, die diese Konstruktion benötigte – ganz ohne Taschenrechner und Computer. Ohnehin liebte sie historische Gebäude, deren dunkle, raue Aura, den Geruch und die Spuren archaischer Werkzeuge im Gebälk.

Lediglich am Abend ergab sich eine seltsame Situation: Als Fred die Küche betrat, saßen die Freunde dort bereits zusammen am Tisch, augenscheinlich ins Gespräch vertieft. Dieses allerdings endete abrupt, sobald sie ihrer Anwesenheit gewahr wurden. Stattdessen blickten beide Männer gleichzeitig wortlos zu ihr hoch – nicht feindselig, aber eben auch nicht freundlich, abschätzend war das erste Wort, das Fred spontan dazu einfiel. Unwillkürlich verharrte sie in der Tür und fragte sich, ob sie sich nicht besser umdrehen und einfach wieder verschwinden sollte. In dem Moment winkte sie der Ältere jedoch zu sich und Fred entschied sich, lieber einfach so zu tun, als sei nichts gewesen.

Während das Essen später auf dem Herd köchelte, saßen sie alle drei gemeinsam im kleinen aber gemütlichen Aufenthaltsraum, doch eine richtige Unterhaltung wollte sich nicht ergeben. Fred merkte, wie unwohl sie sich auf einmal fühlte und suchte eine möglichst harmlose Frage, mit der sie das Eis brechen konnte.

„Was macht ihr denn sonst so in eurer Freizeit? Also, ich meine, Hobbys oder etwas in der Art..."

Die Reaktion erfolgte prompt: Lars schien sich an seinem Tee verschluckt zu haben, gleichzeitig herrschte urplötzlich eisige Stille, nur unterbrochen von seinen krampfhaften Versuchen, das Husten zu unterdrücken. In Sekundenschnelle war die Stimmung im Raum derart unangenehm geworden, dass Fred am liebsten aufgestanden und hinausgelaufen wäre. Das war eindeutig nach hinten losgegangen! Was in Himmels Namen hatte sie denn falsch gemacht – es war doch eine vollkommen unverfängliche Erkundigung gewesen? Konnte sie damit tatsächlich einen wunden Punkt getroffen haben? Es schienen Minuten zu vergehen, in denen sich keiner von ihnen rührte oder sprach, dann antwortete der Ältere mit ruhiger Stimme:

„Lesen. Ich beschäftige mich gerne mit Literatur."

Damit war der Bann gebrochen und Normalität kehrte ein. Fred schöpfte Auflauf in ihre Teller und bemühte sich, das beklemmende Gefühl abzuschütteln – vermutlich war es ohnehin vollkommen übertrieben, sie war zwischenmenschlichen Umgang wohl einfach nicht mehr gewöhnt. Oder es war eben eines dieser Missverständnisse gewesen, das sich nicht wirklich erklären ließ. Sie beschloss es zu ignorieren und gab sich Mühe, stattdessen lieber den ruhigen Abend zu genießen.

Sie verbrachten die zweite Nacht in einer nichtssagenden Herberge in Gävle, doch das nahm Lars genauso wenig wahr, wie er der Eisengießerei oder den sommerlichen Wäldern Beachtung geschenkt hatte. Wenn es unbedingt notwendig gewesen war, hatte er auf Fragen geantwortet oder einen Kommentar abgegeben, doch seine Gedanken waren stets bei Fred, ob er wollte oder nicht. Sie war heute bereits vor ihnen zu Bett gegangen und so saß er noch eine Weile allein mit dem Älteren in ihrem Doppelzimmer, beim Schein einer kleinen Nachttischlampe. Sein Mentor las schon seit geraumer Zeit, es war absolut ruhig, abgesehen vom leisen Geräusch der Straße draußen, und Lars musste sich einige Minuten lang überwinden, bis es ihm gelang, die Stille zu durchbrechen.

„Warum nehmen wir sie mit?"

Der andere Mann sah anscheinend gelassen von seinem Buch auf. „Warum nicht? Es war doch dein Vorschlag."

Lars spürte den lauernden Blick des Älteren seine Stirn durchdringen und wusste darauf zunächst nichts zu erwidern. Eine riesige Faust aus Eis umklammerte seine Brust.

„Sieh mal, dank deiner Nachlässigkeit müssen wir nun etwas vorsichtiger sein als ohnehin schon. Und was könnte uns besser als Tarnung dienen, unschuldiger aussehen lassen, als ein solch hübsches, entzückendes Mädchen?"

Lars merkte, wie sein Herz zu rasen begann, er wurde sich mit einem Mal seiner ganzen Hilflosigkeit bewusst und so dauerte es fast eine Minute, bis er noch einmal ansetzte.

„Hast du irgendetwas mit ihr vor?"

„Und wenn? Fraternisierst du neuerdings mit der Beute?"

Er wusste nicht, ob ihm sein Entsetzen angesichts des hämischen Tonfalls anzusehen gewesen war, aber nach einigen Augenblicken des Schweigens richtete sich der Ältere halb auf und klopfte ihm mit einem amüsierten Laut auf die Schulter.

„Keine Sorge, ich lass dein Liebchen in Frieden."

Lars glaubte ihm kein Wort.

Auch am nächsten Tag folgten sie einem Vorschlag von Fred, der sie zunächst über eine gigantische Hängebrücke namens Höga Kustenbron führte. Einige Momente lang war sogar Lars abgelenkt. Sie fuhren über das schmale Band zwischen Himmel und Wasser, letzteres als träge, graue, an Quecksilber erinnernde Fläche unter ihnen. Links und rechts die fast bis in die Wolken hinaufgezogenen Taue, direkt in eine Wand aus Wald und Nebel hinein. Als würden wir aus der Welt verschwinden, dachte er leise für sich und schauderte, gleichzeitig ein wenig glücklich.

Plötzlich hatte die Vorstellung, einfach nicht mehr zu existieren, etwas enorm Beruhigendes an sich. Im Grunde war er zu nichts nutze, hatte mit Sicherheit nie etwas Gutes in die Welt getragen, vielleicht wäre es ja tatsächlich besser so. Einen winzigen Augenblick erwog er, einfach die Autotür aufzureißen, einen Satz auf das Geländer zu machen und sich fallen zu lassen. Der ganze Spuk hätte sofort ein Ende, das Mädchen wäre in Sicherheit und er ... nun, vielleicht kam er in die Hölle. Vielleicht fand er aber auch seinen Frieden. Sah die Kleine wieder. Seine Augen brannten. Dann nahm er sich wieder zusammen.

Auf der anderen Seite legten sie einen kurzen Zwischenstopp auf einem Parkplatz ein und betrachteten von dort aus noch einmal das beeindruckende Panorama. Danach fuhren sie weiter bis zum Nationalpark Skuleskogen. Dieser schien vollständig leer zu sein – kein anderes Auto stand am Eingang und kein Mensch war zu sehen, vielleicht des relativ kühlen, diesigen Wetters und des Wochentags wegen. Gemeinsam liefen sie einfach los, Fred voraus, über einen schmalen Holzsteg, zwischen knorrigen Baumriesen, moosbedeckten Felsen und Wurzeln hindurch. Das große Schild am Eingang hatte darüber Auskunft gegeben, dass es Strecken verschiedener Länge gab, und man im nahen Ort auch eine Karte erwerben konnte. Doch da die Pfade gut erkennbar bunt markiert waren, waren sich alle einig, dass sie auch so sicher wieder zurückfinden würden.

Manchmal durchquerten sie kleine, sumpfige Freiflächen, in deren Mitte sich ein Bach entlang schlängelte, gesäumt von dichtem Farngebüsch. Dann wieder standen Kiefern und Fichten dicht an dicht, es glich einem finsteren, mystischen Märchenwald, sodass kaum Licht bis zum Boden durchdrang. Das Mädchen hüpfte so leichtfüßig vor ihm über die Bretter, als bereite ihr die stundenlange Wanderung nicht die geringste Anstrengung. Lars konnte nicht anders, als ihr die ganze Zeit über auf den schmalen, schlanken Rücken zu starren und sich ebenso elendig wie ängstlich zu fühlen, während sie ab und zu unbedarft von der wunderbaren Landschaft schwärmte.

Abends ging ein wahrer Sturzbach hernieder, während sie als anscheinend einzige Gäste in einer hässli-

chen, schlecht ausgestatteten Küche vor dem prasseln-
den Ofenfeuer hockten: Eine kleine, verschworene Ge-
meinschaft, die sich zusammen gegen Dunkelheit und
Kälte zur Wehr setzte.

Als Fred aufwachte, dämmerte es gerade erst und sie
kuschelte sich noch einmal fröstelnd in die weiche Bettdecke, durch das Fenster ins grau–blaue Morgenlicht
starrend. Sie stellte fest, dass sie nicht nur zufrieden
war, sondern sich nach langer Zeit auch auf den kommenden Tag freute – ohne zu wissen, was sie erwartete
und trotzdem ohne Abstriche ob der Unsicherheit. Lächelnd döste sie wieder ein.

Die Strecke nach Umeå brachten sie später in nur gut
zwei Stunden hinter sich, daher blieb noch reichlich
Zeit, es sich in der kleinen, aber funktionalen Jugend-
herberge gemütlich zu machen und eine kurze Stadtbesichtigung anzuberaumen. Fred wusch an diesem
Abend Wäsche und zum ersten Mal auch das Auto,
schon um ihren guten Willen zu zeigen. Bald danach
ging sie schlafen, um den nächsten Tag ausgeruht zu
beginnen.

## 11

Ganz anders sah es bei den beiden Männern aus. Nicht zum ersten Mal musste Lars Bekanntschaft mit der hervorragenden Beobachtungsgabe des Älteren machen.

„Na, fehlt es dir?"

Lars wusste ganz genau, was gemeint war, tat aber trotzdem so, als verstünde er nicht richtig.

„Was meinst du?"

„Versuch es gar nicht erst. Denkst du mir ist entgangen, wie nervös du bist? Du hältst es ja kaum noch aus. Oder ist doch die Kleine der Grund für dein Unwohlsein? Ein süßer Succubus, hm?"

Der Ältere lachte trocken - Lars konnte den Spott fast körperlich schmerzhaft spüren und wand sich darunter. Zudem gefiel ihm die Richtung nicht, die das Gespräch erneut nahm. Dazu kam, dass er die Bedeutung des Wortes, das der Andere verwendet hatte, nicht kannte und viel zu stolz war, um nachzufragen. Vermutlich wollte er es ohnehin nicht wissen. Außerdem, und das war mit Sicherheit das Schlimmste, hatte sein Mentor recht. Er sehnte sich so sehr nach der Jagd, dass er sich vorkam wie ein Junkie auf Entzug – so intensiv war es seiner Erinnerung nach noch nie zuvor gewesen. Dabei war das letzte Mal noch nicht einmal ungewöhnlich lange her. Aber er fühlte sich auf ungewohnte Art unter Druck, schon das machte ihn unzufrieden. Die Gedanken an das Adrenalin, an das Hetzen der Beute und den durchdringenden, erlösenden Knall, wenn der Höhepunkt erreicht war, waren das Einzige, das ihn im Moment zu beruhigen vermocht hätte.

Lars ertrug den Blick des Anderen im Rücken nicht mehr, murmelte nur: „Ich geh' Sport machen.", und suchte das Weite.

Das sollte dem Älteren nur Recht sein, denn er bestand sowieso darauf, dass Lars sich regelmäßig fit hielt, und war in dieser Hinsicht gnadenlos. Seiner Meinung nach entsprach körperliche Schwäche einer Nachlässigkeit und erzeugte ein unnötiges Risiko im Umgang mit der Beute. Dabei stellte er an sich selbst die gleichen Ansprüche und der Jüngere hatte oftmals erlebt, dass er, hinter der Maske scheinbarer physischer Unzulänglichkeit eines älteren Mannes, erstaunlich stark war. Häufig hatte er in seiner Anwesenheit täuschend echt Gebrechlichkeit vorschützen können, wenn es darauf ankam. Seine Maßstäbe waren unbarmherzig, wann immer es um Disziplin ging, und Lars hatte die Erfahrung gemacht, dass er sich auf der Jagd mit eisernem Willen zu Höchstleistungen antrieb. Selbst er hatte – durchaus sportlich und vor allem 20 Jahre jünger – manches Mal Mühe gehabt, mit seiner Ausdauer mitzuhalten.

Am nächsten Tag hatten sie nur eine kurze Fahrt eingeplant, die übrige Zeit verbrachten sie am Strand, gemächlich wie auf einer Landpartie. Lars war hin- und hergerissen zwischen tausend Gefühlen. Ihm wurde warm ums Herz, als er Fred beobachtete, wie sie furchtlos barfuß in die Gischt hinauslief, als könne ihr nichts passieren, als sei sie unverwundbar. Zum Baden war es allerdings viel zu kalt und Lars war eigentlich auch ganz froh darum. Wer wusste schon, welche Kapriolen sein Verstand erst geschlagen hätte, wäre sie spärlicher bekleidet gewesen! Von anderen Teilen seiner selbst ganz zu schweigen. Sie war süß und er wurde bereits rot, als er eben das nur in Gedanken aussprach.

Doch gleichzeitig hatte er solche Angst, dass er beinahe glaubte, keine Luft mehr zu bekommen. Fred war so nett, so unschuldig, es musste doch möglich sein, sie zu beschützen! Nur das eine Mal. Er war doch sonst gehorsam und machte keine Ausnahmen, würde der Ältere wirklich wütend werden, wenn er ihn nur um diesen einen Gefallen bat? Vielleicht. Oder würde er ihn einfach auslachen? Wahrscheinlich. Er wusste es nicht und es graute ihm davor, den Versuch zu wagen. Denn tief in seinem Inneren ahnte er, dass sein Mentor das Mädchen am Ende nicht gehen lassen würde, egal wie sehr sein Kopf dagegen zu argumentieren versuchte. Wie unlogisch es ihm erschien. Es war eine instinktive Gewissheit, die ihn fast zur Verzweiflung trieb. Konnte er sie auf irgendeine Art warnen? Unmöglich, viel zu riskant – für sie alle. Wäre er ihr doch bloß früher begegnet. Alles, alles wäre dann anders gewesen.

Fred dagegen wirkte, als hege sie nicht den geringsten Argwohn. Gerade bückte sie sich immer wieder, um etwas vom Boden aufzuklauben, nun lief sie zu ihm hin und er bemühte sich rasch, ein freundliches Lächeln aufzusetzen. Sie schien jedenfalls nichts von seinem seelischen Kampf zu merken und zeigte ihm stattdessen stolz ihre Funde – besonders hübsch gezeichnete Muscheln und Schneckenhäuser. Ganz wie Katharina früher, dachte er wehmütig, was seine Stimmung nicht gerade verbesserte. Abends fuhren sie wieder ins Landesinnere und kehrten in einer abgelegenen Herberge nahe des Wintersportzentrums Vännäs erneut als einzige Gäste ein. Es war ein seltsamer Ort mit enorm freundlichen Besitzern, die sie allerdings in dem großen Gebäude alleinließen, nachdem sie alles erklärt hatten.

Dessen Zentrum bestand aus einer Art riesigem Versammlungsraum mit eigenwilliger Gestaltung. Unter Kronleuchtern und gut sechs Meter hohen Decken versammelten sich ein plastikfolienbedecktes Edelstahlbuffet und ein Dutzend schicker Ballsaaltische, aber auch eine Sofaecke mit dunklem Couchtisch und Leselämpchen. Des Weiteren gab es eine Bühne mit Samtvorhang – dahinter verbarg sich jedoch eine einfache Hostelküche. Als kleines Grüppchen mitten in diesem Szenario zu sitzen, während sich Dunkelheit über das große Haus senkte, war ein seltsames Gefühl. Ganz besonders, weil das alte Gebäude allerhand gespenstige Geräusche von sich gab. Dielen knarzten, Leitungen rauschten und als Lars das Gepäck hereintrug, hätte er schwören können, leise Radio spielen zu hören, obwohl das natürlich völlig unmöglich war. Obgleich er nicht an Geister glaubte – vor allem nicht an Geister glauben wollte! –, schauderte er.

Als er zurückkehrte, sah er, wie sich Fred mit dem Älteren unterhielt und hörte noch den letzten Gesprächsfetzen.

„...und meinst du nicht, dass sich deine Kommilitonen irgendwann Sorgen um dich machen werden, wenn du so lange einfach weg bleibst, ganz ohne dich zu melden?"

Sie schüttelte niedergeschlagen den Kopf und Lars merkte, wie ihm todeskalt wurde. Er wusste ganz genau, welchem Zweck diese Art Fragen dienten – der Ältere wollte sich absichern, falls ...

Das Mädchen aber wandte sich Lars lächelnd zu und fragte ihn, was er denn nach seiner Reise plante. Etwas überrumpelt stammelte er etwas von „eigenem Betrieb", was sie mit begeistertem Nicken und der Ältere mit amüsiertem Heben der Brauen quittierte. Danach saßen sie noch ein Weilchen zusammen, tranken jeder ein Bier, aßen Reis und verabschiedeten sich schließlich, um zu Bett zu gehen. Da ohnehin niemand hier war, hatten sie sich die Freiheit genommen, jeder ein eigenes Zimmer zu belegen.

Lars lag wach und starrte hinaus ins Mondlicht. Kurz versuchte er, sich zu beruhigen und für ein wenig Erleichterung zu sorgen, indem er die Hand hinunter in die Hose wandern ließ. Doch nicht einmal dabei war er erfolgreich – immer wieder schlich sich Fred und in ihrer Gefolgschaft auch das schlechte Gewissen dazwischen. Statt bei der Beute landete er schließlich wieder in der Vergangenheit, in der Zeit nicht lange nach Ende seiner Ausbildung. Damals hatte er nahezu jeden Abend im Internet verbracht, auf der Suche nach ... er hatte es selbst nicht so genau gewusst. Bald hatte er sich nur noch in sehr speziellen Chats und Communitys herumgetrieben, deren Teilnehmer wenigstens in etwa seine sexuellen Interessen zu teilen schienen. Richtig zufrieden war er dabei jedoch nicht gewesen, denn die Anderen schienen stets ein Schauspiel zu bevorzugen, etwas Abgesprochenes, Einverständliches. Oder anders ausgedrückt: Eine Lüge. Genauso wie bei den meisten Filmen, bei denen er stets merkte, dass alle nur ein Drehbuch befolgten. Er jedoch suchte nach echten Gefühlen ohne jede Künstlichkeit.

Irgendwann chattete er mit dem Älteren. Normalerweise beendete er Dialoge mit Männern bereits nach wenigen Sätzen, da er wenig Lust hatte, angegraben zu werden. Doch dieser hier tat nichts dergleichen und sein Name – „Jäger" – hatte ihn augenblicklich gereizt. Sein Ton war nüchtern und alles, was er sagte, schien authentisch zu sein. Irgendwann fragte der Mann ihn geradeheraus, was er wirklich wolle. Es war ein langer Freitagabend, Lars hatte bereits etwas getrunken, er fühlte sich in der Anonymität des privaten Chats sicher und ehe er sich versah, erzählte er dem Fremden von seinen Fantasien. Auch davon, dass er fast den Eindruck hatte, in einer Parallelwelt zu leben, und nicht selten ganze Arbeitstage völlig in seinen Vorstellungen versunken verbrachte. Nachdem er all das seitenlang, fast monologartig heruntergeschrieben hatte, herrschte lange Schweigen und Lars dachte schon, dass der Andere, von seiner Ehrlichkeit schockiert oder abgestoßen, einfach offline gegangen sei.

Dann jedoch folgte ein einzelner Satz: *„Hast du es schon ausprobiert?"*

Lars zögerte kurz, dann berichtete er, ohne ernsthaft darüber nachzudenken, von der Toten im Wald. Als er geendet hatte und begriff, was er gerade getan hatte, erschrak er über sich selbst. Würde der spezielle Browser wirklich ausreichen, um ihm Sicherheit vor Entdeckung zu bieten? Dann aber dachte Lars, dass er immer noch behaupten konnte, alles erfunden zu haben – dumm genug, irgendwelche Details über sich oder gar den Ort des Geschehens zu offenbaren, war er auch wieder nicht gewesen.

Wieder blieb sein virtuelles Gegenüber lange stumm, dann las Lars zu seinem Erstaunen: *„Willst du es noch einmal tun?"*

Seine Kehle war wie ausgetrocknet, seine Hände dafür schweißnass, als er die magischen zwei Buchstaben tippte: *„Ja."*

Von da an schien der Bann gebrochen. Fast jeden Tag tauschten sie fortan Ideen und Überlegungen aus, je länger es dauerte, desto differenzierter wurden ihre Pläne. Lars merkte rasch, dass er es nicht etwa mit einem Spinner, sondern definitiv mit einem analytisch denkenden Profi zu tun hatte. Er hätte schwören können, dass der Andere bereits getan hatte, wovon sie da fabulierten, auch wenn dieser nie etwas Konkretes dazu verlautbaren ließ. Auch diese Vorsicht gefiel und imponierte Lars.

Nach fast einem Jahr des gemeinsamen Planens und Fantasierens trafen sie sich zum ersten Mal, irgendwo in der Mitte Deutschlands, und tranken gemeinsam ein Bier in einer namenlosen Gaststätte. Bis zum letzten

Moment war Lars so nervös, dass er sich nicht sicher war, ob er nicht doch kneifen würde. Als er dem „Jäger", einem drahtigen Mann mit markanten Gesichtszügen und grau meliertem Militärhaarschnitt, dann jedoch gegenüber saß, fühlte er sich zu seiner eigenen Überraschung auf Anhieb wohl. Weder verachtete der fremde Mann ihn, noch lachte er ihn aus. Im Gegenteil – er empfand sich als das wahrgenommen, verstanden und akzeptiert, was er wirklich war, vielleicht zum ersten Mal in seinem Leben überhaupt. Dazu war sein neuer Freund nicht nur wortgewandt, sondern auch ausgesprochen charismatisch. Lars bewunderte ihn vom ersten Augenblick an.

Einige Monate später unternahmen sie ihren ersten gemeinsamen Ausflug. Der Ältere verurteilte ihn nicht, als er die Nerven verlor. Und auch nicht, als er später kotzte wie ein sturzbetrunkener Teenager. Im Gegenteil, er zeigte Nachsicht, tröstete ihn, dass er sich eben noch entwickeln müsse. Drei Dinge gab er ihm allerdings von Anfang an unmissverständlich mit: Zum ersten erforderte sein neues Hobby absolute Disziplin. Zum zweiten würde er tun, was der Erfahrenere ihm befahl, ohne Kritik, ohne Widerspruch. Und drittens: Keine Andenken, egal welcher Art.

„Die Bilder in deinem Kopf müssen dir genügen. Trophäen sind dumm, unnütz und neurotisch. Wir sind nicht im Kino. Da werden Männer wie wir nämlich gefasst."

Lars war das nur recht.

Der Ältere lächelte, doch seine Stimme ließ keinerlei Zweifel daran aufkommen, dass er das Folgende todernst meinte:

„Und solltest du jemals auf die brillante Idee kommen dich, aus welchen Gründen auch immer, an die Medien, die Polizei oder sonst jemanden zu wenden und damit anzugeben, werde ich dich umbringen und es wie einen Suizid aussehen lassen."

Auch das sah Lars ein. Er fühlte sich sicher bei ihm, der Mann lenkte, leitete und führte ihn behutsam – sein Wort war bald Gesetz. Von nun an rechnete er nur noch von Ausflug zu Ausflug, sich die langen, leeren Zeiten dazwischen mit Erinnerungen an das letzte Mal versüßend.

Seufzend wälzte sich Lars von einer Seite auf die andere, zerrte vergeblich am zerknüllten, nassgeschwitzten Laken unter sich und ahnte, dass auch diese Nacht nicht allzu friedlich verlaufen würde. Irgendwo in der Ferne verkündete eine Kirchenglocke die dritte Stunde, leise schrie ein Käuzchen. Er konnte sich nicht einmal vorstellen ohne den Älteren zu leben, fühlte sich haltlos und verloren ohne ihn.

Morgens erklärte der Ältere Fred zu ihrem Erstaunen, dass sie die beiden kommenden Tage allein unterwegs sein wollten.

„Wenn es dir nichts ausmacht, hier auf uns zu warten, können wir danach gerne wieder gemeinsam weiterreisen."

Sie nickte, wenn auch ein wenig verwundert. Der Ton des Mannes war gewohnt freundlich, ließ jedoch keine Nachfragen zu.

„Klar, kein Problem."

„Keine Sorge, morgen Abend hast du uns wieder."

Er zwinkerte ihr zu, dann waren sie verschwunden und ließen Fred nachdenklich zurück. Hatte sie vielleicht irgendetwas falsch gemacht und die zwei verärgert? Unwillkürlich ging sie die letzten beiden Tage durch und suchte nach einer verfänglichen Situation, fand jedoch keine. Vielleicht war sie doch einfach zu unsicher, beschloss Fred letztendlich selbstkritisch. Erneut hatte Lars zu all dem kein Wort beigesteuert und auch den vorangegangenen Tag über schien er – selbst für seine Verhältnisse – weiterhin außergewöhnlich still zu sein. Langsam fragte sie sich doch, ob irgendetwas im Busch war. Ob es ihm vielleicht aus irgendeinem Grund schlecht ging. Sie beschloss, zu versuchen es herauszufinden, sobald die zwei Männer wieder zurück waren und sich nun lieber zu beschäftigen, indem sie die Stadt erkundete.

Also entschied sie sich, für diese Zeit mit dem Bus nach Umeå zurückzufahren, und verbrachte den Tag in den vielen verschiedenen Museen der Stadt, eine Menge über die Kultur des Volks der Samen, diverse Künstler und das historische Landleben lernend. Dabei erwies sich der Ort, der mit seinen gut 80.000 Einwohnern zuhause eher als Mittelstadt durchgegangen wäre, als erstaunlich voll und quirlig. So abgelenkt sie dadurch tagsüber allerdings war, als sie später ihr Abendessen zubereitete, konnte Fred nicht vermeiden erneut zu grübeln. Vor allem jedoch stellte sie, halb belustigt, halb irritiert, fest, dass sie die beiden, besonders aber Lars, vermisste – hatte sie sich in ein paar Tagen schon so an sie gewöhnt? Auf jeden Fall mochte sie den jungen Mann sehr. Und fühlte sich nun, ganz allein in der kühlen Hostelküche, unvermutet einsam.

Über das Verhältnis zwischen den zwei ungleichen Reisenden rätselte sie allerdings. Bislang hatte sie nicht den Eindruck, dass es sich um ein Paar handelte, doch ausschließen konnte sie das natürlich auch nicht ganz. Vielleicht waren sie aber auch verwandt, oder doch nur gute Freunde? Wenn ja, wie mochten sie einander wohl kennengelernt haben? Vielleicht über einen Jagdverein? Abgesehen vom Altersunterschied schienen sie auch sonst keine besonders ähnlichen Lebensumstände zu haben. Obwohl Lars nicht dumm war, bediente er sich deutlich weniger komplizierter Sprache als der ältere Mann, der eindeutig über einen reichen Bildungshintergrund verfügte und das auch nicht versteckte. Zu fragen hatte sie sich nicht getraut, denn sie hatte nicht zu neugierig wirken wollen, so sparsam wie die beiden mit Informationen über sich umgingen.

Am darauffolgenden Tag gönnte sich Fred eine Überfahrt mit der Fähre zur Insel Holmön – immerhin hatte sie in letzter Zeit viel Geld eingespart – und schlenderte fasziniert über den dortigen Kunstmarkt. Sie genoss die Stunden allein durchaus, aber als sie zur Herberge zurückkehrte, sah sie bereits von weitem den dunklen Pick–up auf dem Parkplatz stehen und spürte warme

Freude in sich aufsteigen. Sie waren also tatsächlich zurückgekommen und hatten die Gelegenheit nicht genutzt, wie sie kurzzeitig befürchtet hatte, um sie loszuwerden.

Lars fühlte sich immer noch wie betäubt, als er aus dem Wagen stieg. Als der Ältere die Jagd angekündigt hatte, hatte er eine Mischung aus tiefster Erleichterung und Scham verspürt. Vor allem aber war er dankbar gewesen. Das war es, was ihn am meisten erniedrigte – wie leicht der Ältere ihm verdeutlichen konnte, wie abhängig Lars von ihm und seinen Wünschen war. So sehr es ihn vorher gedrängt hatte, so berauschend war es dann auch gewesen. Zwar hatte ihn der Ältere kurz mit der toten Schönen allein gelassen, doch er hatte sich nicht beherrschen können und war fertig gewesen, bevor er sie auch nur hatte berühren können. Verschämt hatte er die Sauerei mit ein paar Taschentüchern aus der Hose gewischt und diese eingesteckt, bevor sein Begleiter wiedergekommen war – in die Augen hatte er ihm trotzdem nicht sehen können. Das war ihm schon lange nicht mehr passiert.

Vor allem aber fühlte er sich hinterher mies. Er hätte nicht beschreiben können weshalb, aber kaum waren die ersten ekstatischen Minuten der Befriedigung vergangen, spürte er nichts als Trauer, Frustration und vagen Selbstekel. Zwar war auch der nahezu unerträgliche Druck verschwunden, aber Lars hatte sich trotzdem mehr erhofft. Irgendetwas war kaputtgegangen, musste er enttäuscht feststellen. Umso intensiver war dafür das

Gefühl, das ihn überkam, als er Fred in der Küche stehen sah. Auf verdrehte Art tröstete ihn ihr Anblick plötzlich, er brachte sogar ein ehrliches Lächeln zustande. Sie gingen ihr bei den letzten Vorbereitungen des Abendessens zur Hand, wobei Lars einmal mehr feststellte, dass er den Älteren kaum jemals so freundlich erlebt hatte wie im Umgang mit der jungen Frau. Beinahe schon wäre er eifersüchtig gewesen – aber sie teilten natürlich etwas anderes.

Irgendwann war das Bedürfnis mit jemandem zu reden übermächtig geworden, und Karl hatte ihm nicht mehr standhalten können oder wollen. Er steckte fest, absolut, es schien kein Vor und Zurück mehr zu geben. Also hatte er sich eines Abends erneut auf Streifzug begeben und war fündig geworden. Josch, oder wie auch immer er in Wirklichkeit heißen mochte, kannte er schon ein Weilchen und mochte ihn. Der 19-Jährige war noch nicht so kaputt wie die anderen, hielt sich von harten Drogen fern und soff auch kaum mehr als er selbst.

Wenn er in der Vergangenheit seine Dienste in Anspruch genommen hatte, waren sie manches Mal zusammen eingeschlafen und Karl hatte ihn liegenlassen, wenn er sich auf den Weg ins Büro machte. Er nahm an, dass Josch nicht allzu oft die Gelegenheit bekam, sich in einem warmen, sicheren Bett auszuruhen. Außerdem sah er rührend friedlich und entspannt aus, wenn er schlief, beinahe, als wäre das Kind in ihm nicht schon seit Jahren verloren gegangen. Abgesehen davon gab es in seiner schäbigen Wohnung ohnehin nichts zu klauen.

Nun jedenfalls saßen sie zusammen am Küchentisch, Lieferpizza und billigen Whiskey vor sich, und starrten beide betreten zu Boden. Dann aber raffte Karl sich auf und erzählte von seinem eigenartigen Fall – wenn es denn überhaupt einer war. Nachdem seine Chefin eben das unmissverständlich bestritten hatte, sah er sich auch nicht zu irgendeiner Art der Geheimhaltung verpflichtet. All die Frustration bahnte sich ihren Weg, er vermochte gar nicht mehr aufzuhören und Josch, den er für die ganze Nacht bezahlte, hörte geduldig und verständig nickend zu. Am Ende kommentierte er den zusammengefassten Sermon mit „Krasse Scheiße." – und Karl fühlte sich ein wenig verstandener und leichter ums Herz. Ob der Junge sein Dilemma nun begriff oder nicht, es war gut gewesen, mit jemandem zu sprechen.

Sie schliefen langsam und zärtlich miteinander, sodass er sich kurz einbilden konnte, dass auch Josch ihr Zusammensein genoss. Er mochte den schlaksigen, dunkelhaarigen Jungen, wenn er ihn ansah, hatte er manchmal das Gefühl, nicht bloß ein Portemonnaie für ihn zu sein, sondern eher ein Freund, zumindest ein klein wenig vielleicht. Von Zeit zu Zeit überkam ihn der Wunsch, ihm irgendwie zu helfen, doch wenn er Derartiges auch nur andeutete, winkte Josch bloß müde ab und sah augenblicklich mindestens ein Jahrzehnt älter aus, als er eigentlich war. Trotzdem, für diese Nacht war Karl ihm besonders dankbar, und so ließ er nicht nur 400 Kronen extra, sondern – wenn auch nicht zum ersten Mal – auch die Karte mit seiner Nummer neben dem Bett liegen. Einfach nur, falls der Junge es sich doch einmal anders überlegte.

## 12

Sie fuhren gemächlich und schweigend über leere Straßen, oft auch nur breite Schotterpisten, während Fred den Ausblick in die dichten, sonnigen Wälder genoss. So weit im Norden schien ihr die ganze Welt immer ruhiger zu werden. Eine kleine Ortschaft namens Sorsele, inmitten der Natur, offerierte die nächste Herberge, eine Anhäufung flacher Holzbauten, idyllisch an einem See gelegen und urgemütlich im Inneren. In der Siedlung angekommen, stellten sie fest, dass es bereits zu spät war, um noch etwas zu unternehmen, aber viel zu früh zum Kochen – den täglichen Einkauf hatten sie bereits unterwegs erledigt.

Also wusch Fred zunächst aufforderungslos sämtliche Wäsche und dann, das gute Wetter ausnutzend, noch einmal das Auto. Diesmal war sie gründlicher – der Wagen hatte es auch bitter nötig, schlammbespritzt, voller Kies und Grünzeug, wie er nach all der Strecke auf unasphaltierten Straßen war. Kopfschüttelnd wickelte sie eine fast zwei Meter lange, dornige Ranke von der Felge. Dann schlug sie erst die Matten aus, säuberte als Nächstes den Innenraum sorgfältig mit Handfeger und Schwamm und widmete sich schließlich dem Äußeren. Eine Stunde und drei Eimer Wasser später hatte sie Motorhaube, Kotflügel und Heck zumindest vom gröbsten Schmutz befreit, nun blieb nur noch die Ladefläche des Pick-ups übrig. Von dort räumte sie Seesack, Reservereifen, Werkzeug und Wanderstiefel hinunter und stockte dann. Das Profil eines der Schuhe war voller Blut. Stirnrunzelnd betrachtete sie die dunkelrot geronnene Flüssigkeit und stellte fest, dass sie, der Farbe nach zu schließen, noch nicht sehr alt sein konnte.

Dann ging Fred auf, warum sich die beiden einen Tag allein ausgebeten hatten – sie hatten jagen gehen wollen! Und das möglicherweise illegal, wenn sie das Datum bedachte. Allerdings war es in dem Fall eigenartig, dass sie keine Beute mitgebracht hatten. Wobei das natürlich auch zu verräterisch gewesen wäre. Vielleicht ein kleines Tier, das sie sofort verspeist hatten? Oder schossen sie vielleicht nur auf Trophäenträger? So viel Machismo hatte sie Lars überhaupt nicht zugetraut. Sollte sie etwas sagen? Aber was denn? Sie merkte, dass sie immer noch den unseligen Stiefel in der Hand hielt, stellte ihn sanft auf dem Boden ab und fühlte sich schlecht. Im Grunde ging sie das nichts an. Zumal es auf die paar Wochen bis zur offiziellen Eröffnung der Jagdsaison wahrscheinlich nicht mehr ankam. Vielleicht hatten sie sich ja auch nur einmal austoben wollen, bevor sie das Land verließen.

Als sie letztendlich fertig war, verabschiedete sich Fred mit den Worten, dass sie spazieren gehen würde. Tatsächlich ging sie laufen, doch sie kam sich überheblich dabei vor, das gegenüber den anderen beiden so zu formulieren, auch wenn das möglicherweise albern war. Außerdem wollte sie noch einmal in Ruhe über das eben Gesehene nachdenken. Als sie nach zwei Stunden erschöpft, aber deutlich ausgeglichener zurückkehrte, waren die beiden Männer fast fertig mit der Abendbrotzubereitung. Nach dem Essen stellte Fred allerdings fest, dass die Sonne gerade erst untergegangen und sie kein bisschen müde war. Der Ältere schien es zu bemerken, denn er schlug vor, dass sie doch gemeinsam mit Lars noch eine Gaststätte aufsuchen könne, die er auf dem Weg hierher bemerkt hatte.

„Kommst du nicht mit?"

Er lächelte milde. „Nein, ich gehe zu Bett. In meinem Alter ist man nicht mehr so nachtaktiv."

Lars sagte einmal mehr nichts zu all dem, sodass sie sich genötigt fühlte, ihren Mut zusammenzunehmen und ihn auf dem kurzen Fußmarsch zu fragen, ob er tatsächlich hatte ausgehen wollen, oder es nur ihr zuliebe tat. Er wurde sofort rot bis unter die Haarspitzen und stotterte ein wenig, als er ihr hastig versicherte, dass er wirklich selbst Lust darauf habe – irgendwie süß.

Der junge Mann war ihr mittlerweile wichtig und sie fragte sich langsam, ob es ihnen wohl gelingen würde, auch über ihre eigenartige Reisegemeinschaft hinaus eine Freundschaft zu erhalten. Sie hätte es sich sehr gewünscht, aber ob er das genauso sah? Vielleicht war er in sie verliebt und enttäuscht, sobald sie ihm verdeutlichte, dass eine Beziehung in ihren Augen nicht infrage kam. Denn so sehr sie ihn auch schätzte, auf diese Art zog er sie wirklich nicht an. Vielleicht aber nahm sie sich auch viel zu wichtig, interpretierte seine Blicke falsch und er würde sie vergessen, kaum trennten sich ihre Wege. Die Vorstellung stimmte sie traurig.

Die kleine Kneipe war fast leer, hatte jedoch laut Aushang noch einige Stunden lang geöffnet. Daher machten sie es sich in einer abgewetzten, aber gemütlichen Sitzecke mit altbackenem Blümchenmuster bequem und bestellten Bier. Am Anfang verlief das Gespräch ein wenig zäh – Fred hatte den Eindruck, Lars erst einmal aus der Reserve locken zu müssen – doch dann begannen sie, über alles Mögliche zu reden. Zwei Bier später erzählte sie ihm von Christoph und Susanne. Sie hatte keine Ahnung, wie sie auf das Thema gekommen waren und es war ihr peinlich, noch während sie redete, doch sie konnte sich nicht mehr stoppen. Niemandem sonst hatte sie davon erzählt, jetzt aber sprudelte es aus ihr heraus, unaufhaltsam wie ein Wasserfall.

Der junge Mann hörte ruhig zu, ohne sie ein einziges Mal zu unterbrechen. Irgendwann aber hob er die Hand, sie schwebte kurz unsicher über der ihren, er warf ihr einen nervösen Blick zu, und umfasste sie dann sanft.

„Wäre mir das passiert, ich hätte beide umgebracht."

Im ersten Augenblick glaubte Fred, er mache einen Scherz, und wollte schon loslachen, merkte jedoch im selben Moment, dass sein Gesichtsausdruck vollkommen ernst blieb. Und dann, ob es am Bier lag, seinen verständnisvollen Augen oder einfach dem Moment, berichtete sie ihm auch noch von ihren Eltern. Die Hand ließ sie nicht mehr los.

Am Ende hatte sie beinahe anderthalb Stunden Monolog geführt, sogar ein wenig geweint, fühlte sich leicht derangiert, etwas mehr als leicht angeheitert und schämte sich für ihren Ausbruch. Was war bloß mit der zurückhaltenden, kontrollierten Fred geschehen? Aber vielleicht hatte das einfach raus gemusst und Lars, der ihr vorheriges Leben nicht kannte, war der richtige Ansprechpartner gewesen. Woran auch immer es lag, in diesem Augenblick war sie einfach unglaublich froh darüber, dass er da und so geduldig war.

„Danke."

Fred wartete einige Sekunden, um sich zu sammeln, und blickte dann ernst zu ihm auf: „Hast du schon einmal jemanden verloren?"

Wach zu liegen, schien sein neues Hobby zu werden, dachte Lars still bei sich. Dass die Welt um ihn herum den Eindruck erweckte, sich in leichten Wellen zu bewegen, half auch nicht gerade weiter. Was war denn in ihn gefahren?! Also mal abgesehen davon, dass er normalerweise nicht so viel trank. Zunächst war er einfach erstaunt und gerührt davon gewesen, dass Fred ihm ausreichend vertraute, um ihn in so private Dinge einzuweihen. Und dann hatte ihn ihre Gegenfrage derart überraschend getroffen, dass er geantwortet hatte, bevor er hatte nachdenken können. Alles, was sein Mentor ihm je beigebracht hatte, war wie aus seinem Hirn gewischt gewesen.

Auf einmal hatte er von seiner Schwester erzählt, von diesem reizenden, unschuldigen Mädchen, das ihn so früh verlassen hatte, wie sehr er sie geliebt hatte und oft heute noch vermisste. Wie sie tatsächlich gestorben war und welche Rolle er dabei gespielt hatte, hatte Lars zwar aus Scham verschwiegen – stattdessen etwas von einem unentdeckten Hirntumor erzählt – trotzdem war er insgesamt sehr nah an der Wahrheit geblieben. Bislang hatte er noch niemals darüber geredet, nicht einmal der Ältere wusste Bescheid, obschon er Katharinas Namen, oft genug herausgeschrien in seinen Nachtmahren, sicherlich gut kannte. Gefragt hatte er jedoch nie danach.

Und dann so etwas. Er hatte das Wort 'lieben' ausgesprochen, soweit er sich entsann zum ersten Mal überhaupt in seinem Leben, und es hatte sich gleichzeitig so falsch und so richtig angefühlt. Schlimmer noch, er hatte Fred von seinem größten Schatz erzählt, von der kleinen Kassette, die zuhause sicher in einem Schließfach verwahrt lag. Auch nach dem Schlüssel, den er stets um den Hals trug, hatte sich der Ältere nie erkundigt, Fred hingegen schon. Auf dem Band jedenfalls befand sich die alte Aufnahme des familiären Anrufbeantworters, den Katharina hatte besprechen dürfen, nachdem sie ihre Eltern lang genug bekniet hatte. Zugegeben, so viel war dazu auch gar nicht notwendig gewesen, ganzer Stolz der Familie, der sie nun einmal war. Die Aufnahme umfasste nur drei Sätze in ihrer süßen Stimme, von denen er Fred berichtete – er hätte natürlich jedes Wort, jede Silbe und ihre Betonung perfekt wiedergeben können, so oft hatte er sie schon andächtig gehört. Doch dabei wäre er sich zu eigenartig vorgekommen.

Die junge Frau schien trotzdem zu verstehen, warum ihm diese einzige Aufzeichnung von Katharinas Stimme so wichtig war und er sie hütete wie seinen Augapfel. Sie hatte ihn betroffen und erschrocken angesehen und er hatte im selben Moment bereut, überhaupt etwas gesagt zu haben. Doch dann war sie herübergerückt und hatte ohne ein weiteres Wort die Arme um ihn geschlungen und seinen Kopf an ihrer Schulter geborgen, einfach so. Er war augenblicklich stocksteif geworden unter der ungewohnten Berührung, hatte dann aber ihre Wärme gespürt und sich, im Duft ihrer Haare versinkend, entspannt. Nun lag er wach, verwirrt und verzweifelt. Was für ein seltsamer Abend!

Karl saß im Büro und spürte, wie die Frustration durch seinen Körper sickerte. Er konnte ihr regelrecht folgen, wie sie seine Haut durchdrang, dann langsam durch sein Fettgewebe diffundierte und seine Muskeln tränkte. Wie sie schließlich jeden einzelnen seiner Knochen infiltrierte, bis sie sich seines ganzes Leibs bemächtigt hatte und er das Gefühl hatte, sich nicht mehr einen Millimeter rühren zu können.

Gerade als er sich vollständig in diesem Zustand der deprimierten Apathie befand, klopfte es, und ohne eine Antwort abzuwarten, betrat ein junger Kollege sein armseliges Kabuff. Er kannte den blonden Mann vom Sehen her – glaubte er wenigstens –, seinen Namen allerdings nicht. Tatsächlich konnte Karl sich nicht daran erinnern jemals mehr als einen Gruß mit ihm gewechselt zu haben. Nun aber stand er vor ihm, trat von einem Fuß auf den anderen und wusste augenscheinlich nicht wohin mit sich. Karl bekam ausgesprochen selten Besuch, in seinem Büro führte er ein eher eremitisches Dasein, und wusste zunächst nichts mit dem sowohl unerwarteten als auch unwillkommenen Gast anzufangen.

Dann aber riss Karl sich zusammen, nickte ihn auf den zerfallenden Stuhl ihm gegenüber und wartete erst einmal ab.

„Also... hm. Ich hab gehört, du hast da so ein Ding mit den unbekannten Leichen..."

Schön ausgedrückt, dachte Karl, sagte aber „Ja ...?"

„Ich finde die Idee jedenfalls nicht blöd. Versteh mich jetzt nicht falsch, ich hab echt keine Zeit dafür, ich komm ja aus dem Diebstahl, du weißt, wie überlastet wir da sind..."

Er sah Bestätigung heischend zu ihm herüber und der Angesprochene nickte erneut brav. Was auch immer.

„Aber jedenfalls glaube ich auch, dass du da an etwas echt Großem dran sein könntest. Da hab ich mir gedacht, vielleicht helfen dir ja die Jagdlizenzen weiter?"

Der junge Mann stand schlagartig auf, kaum dass er zu Ende gesprochen hatte, flüchtete regelrecht aus dem Büro, anscheinend froh, den Gedanken losgeworden zu sein. Karl brachte gerade noch ein verwirrtes „Danke" heraus, bevor die Tür zufiel. Dann aber ließ er sich die Idee durch den Kopf gehen. Dumm war das tatsächlich nicht – der Kollege musste sich, ohne Karls Wissen, ernsthaft mit dessen Vermutungen auseinandergesetzt haben, wenn er selbst auch keinen blassen Schimmer hatte, weshalb jemand so etwas freiwillig tat. Aber ein bisschen stolz war er schon!

Eine weitere halbe Stunde blieb er, seiner inneren Trägheit geschuldet, trotzdem regungslos im Stuhl sitzen, einem großen, haarigen Pudding gleich. Dann jedoch fing er an, nachzudenken, wurde von Unruhe erfasst und begann unwillkürlich, heftig mit dem Fuß zu wackeln. Der Kollege hatte Recht, die Leichen waren oft in oder wenigstens in greifbarer Nähe großer, abgelegener Jagdgebiete gefunden worden. Unter anderem deshalb waren viele der Opfer ja als Unfälle abgetan und überhaupt erst so spät gefunden worden. Das konnte durchaus mehr als ein Zufall sein!

Vielleicht also handelte es sich um einen Jäger, oder jemanden, der sich als solcher tarnte. Das wäre auch insofern klug, als dass er bei Bedarf eine glaubwürdige Erklärung für das Mitführen mindestens einer Schusswaffe hatte. Und in vielen Ländern war das Jagen, wenn überhaupt, nur mit einer örtlichen Lizenz erlaubt. Zwar durfte auf die meisten Arten lediglich zu bestimmten Zeiten angelegt werden, andere jedoch hatten das ganze Jahr über Saison, also möglicherweise …? Wenn er schlau war – und dessen war sich Karl sicher –, würde er zwar gefälschte Papiere vorzeigen, aber vielleicht verwendete er wenigstens immer dieselben? Es mochte ein wenig aussichtsreicher Anhaltspunkt sein und vermutlich ins Nirgendwo führen, aber immerhin handelte es sich um den ersten verwertbaren Hinweis überhaupt in dieser ganzen verfahrenen Angelegenheit.

Andersson verzog unglückselig das Gesicht, als in ihm die Erkenntnis reifte, wie arbeitsreich das zwangsläufig Folgende werden würde. Zunächst galt es, den

Todeszeitpunkt jedes Opfers möglichst eng einzugrenzen, um ein Fenster zu haben, in dem eine Suche erfolgen konnte. In diesem Punkt hatten die jeweils zuständigen Pathologien hoffentlich ausreichend Vorarbeit geleistet. Dann würde er jede einzelne Ausgabestelle und Behörde für Jagderlaubnisse in weitem Umkreis der Fundorte kontaktieren müssen, um alle Namenslisten oder Ausweiskopien im relevanten Zeitraum bitten und diese, in der vagen Hoffnung auf Übereinstimmungen, vergleichen. Der Gedanke gefiel ihm gar nicht, aber er sah ein, dass er keine Wahl hatte, setzte sich an den Computer und begann mit der aussichtslosen Sisyphosarbeit.

Nach einer Woche hatte Karl die Schnauze gestrichen voll. Voll vom endlosen Suchen, voll vom Durchfragen und –telefonieren, voll von all den Antworten, die er nicht bekam, von seiner erniedrigenden Rolle als nerviger Bittsteller und seinem eigenen miserablen Englisch, das seine Landsleute mühelos beherrschten. Dazu erwiesen sich die Resultate bislang als denkbar kläglich. Er merkte, dass er am Tiefpunkt jedweder Energie angekommen und kurz davor war aufzugeben.

Dann jedoch erreichte ein dicker, schmutziggrüner Engel in Form einer Akte seinen Schreibtisch, auf die er sehnlichst gewartet hatte: Der ballistische Bericht über sämtliche aus den Leichen entfernte Kugeln. Diese Aufgabe – eigentlich ein Gefallen - hatte nicht eben ganz oben auf der Prioritätenliste ihres ohnehin überreichlich beschäftigten Labors gestanden und war deshalb erst jetzt endlich erledigt worden. Dass die Geschosse überhaupt alle hier vor Ort hatten untersucht werden können, verdankte er weniger seiner Überzeugungskraft. Mehr lag es an der Bequemlichkeit und Überlastung eigentlich aller übrigen in- wie ausländischen Dienststellen – die meisten waren heilfroh um jeden einzelnen Fall, den sie jemand anderem aufbürden konnten.

Ungewohnt aufgeregt blätterte Karl sich durch die Seiten, bis er schließlich fand, wonach er sich so lange sehnte: Sämtliche Kugeln entstammten nur zwei Waffen, Jagdgewehren des Kalibers 7x64, um genau zu sein. Selbstverständlich konnte keines von beiden mit irgendeinem vorangegangenen Verbrechen in Verbindung gebracht werden, aber damit hatte er auch nicht gerechnet. So blöd war der Gesuchte ganz bestimmt nicht. Für Karl ergaben sich aus den unterschiedlichen Waffen eigentlich nur drei realistische Möglichkeiten: Entweder es handelte sich um zwei völlig verschiedene Mörder, die zufällig genau gleich agierten – das schloss er aus. Denn das erschien ihm, Zeitraum, Tötungsumstände und Art der Leichenentsorgung bedenkend, dann doch als zu großer Zufall. Oder es war ein Täterduo am Werk – so etwas war seines Wissens nach jedoch extrem selten. Oder aber er verfolgte einen Einzeltäter, der zwei verschiedene Waffen verwendete – das hielt er persönlich für am wahrscheinlichsten. Jäger, Waffennarren und auch Mörder neigten dazu, mehr als nur eine Waffe zu besitzen, und sei es bloß als Ersatz.

Warum der Täter die Kugeln überhaupt an Ort und Stelle belassen hatte, darüber konnte er nur Spekulationen anstellen. Vielleicht wollte er einfach nicht in den

Leichen herumschneiden, vielleicht befürchtete er, dabei mehr Spuren zu hinterlassen als zu entfernen. Oder er war arrogant genug, um anzunehmen, dass die Polizei ihm ohnehin niemals auf die Schliche kommen würde. Vor allem aber – und das erfüllte ihn mit schier an Ekstase grenzender Erleichterung – bedeutete es, dass er recht hatte, dass er nicht verrückt wurde und sich die Verbrechen nicht bloß in seinem verdrehten Gehirn abgespielt hatten. Ganz senil war er wohl allem Anschein nach noch nicht.

Längst hatte dieser Fall sein klägliches Leben vollkommen vereinnahmt, sich in jeden Aspekt seiner Existenz eingeschlichen und war zum wichtigsten seiner gesamten Karriere geworden. Ok, das war natürlich keine große Herausforderung. Schlussendlich jedoch hatte er sich noch nie für etwas so viel Arbeit gemacht – das sollte sich wenigstens gelohnt haben! Karl hatte niemals etwas Beachtliches, geschweige denn Bewundernswertes zustande gebracht, aber er wusste genau: Würde er das hier lösen können, würde man ihm die restlichen Jahre bis zur Pensionierung auf die Schulter klopfen. Er würde dann nicht mehr tun müssen als seine Stunden abzusitzen, zu lächeln und gelegentlich nett zu winken.

## 13

Am Tag darauf standen sie spät auf und begaben sich in aller Ruhe zum „Lycksele Djurpark", da sie beschlossen hatten, noch mindestens eine Nacht in der Gegend zu verbringen. Das Gelände des Tierparks war so weitläufig und geschickt angelegt, dass es sich hervorragend in die Landschaft einpasste, sogar kaum von ihr zu unterscheiden war. Fred stellte mit Begeisterung fest, wie großzügig die Gehege hier waren im Vergleich zu den konventionellen Zoos, die sie kannte. Beinahe sah es aus, als würden Fuchs, Luchs, Elch und Wisent in ihrer natürlichen Umgebung leben und sich wohlfühlen.

Lars neben ihr machte ihr allerdings Sorgen. Seit dem Aufstehen hatte er sie nicht angesehen und auch nur ein knappes, genuscheltes „Guten Morgen" von sich gegeben, seitdem schwieg er. Auch jetzt wich er ihrem Blick konsequent aus und sie kam nicht umhin sich erneut zu fragen, ob sie in den vergangenen Tagen einen Fehler gemacht hatte. Bereute er möglicherweise, ihr etwas so Privates von sich offenbart zu haben? Oder hatte er einfach nur einen Kater? Aber so viel hatte er nun auch nicht getrunken. Unter den Augen des älteren Mannes traute sie sich jedoch nicht, ihn darauf anzusprechen, schon weil sie ihn nicht in Verlegenheit bringen wollte. Nichtsdestotrotz bedrückte sie die Situation – Lars war ihr ans Herz gewachsen und sie wollte nicht, dass etwas zwischen ihnen stand.

Irgendwann jedoch standen sie allein vorm Bärengehege und Fred fasste sich ein Herz.

„Alles ok mit dir?"

Lars nickte nur mit leicht abwesendem Gesichtsausdruck. Das war deutlich knapper, als sie sich erhofft hatte, dachte Fred unzufrieden, raffte ihren Mut noch einmal zusammen und hakte vorsichtig nach.

„Fandst du unser Gespräch blöd?"

„Nein! Natürlich nicht..." Er zögerte kurz, dann ergänzte er leise „Ich bin es nur nicht gewöhnt, über so was zu reden, ich mach das nicht oft ..."

„Ich auch nicht."

Einem plötzlichen Bedürfnis gehorchend, tastete sie nach seiner Hand und drückte sie kurz – zu ihrer Erleichterung entzog er sich ihr nicht. Stattdessen sahen sie eine Weile still den unschuldig tobenden und miteinander spielenden Bärenjungen zu und lächelten einander schließlich einen Augenblick lang an. In stillem Einverständnis genossen sie den Moment. Erst als Fred spürte, wie die Wärme ihre Wangen erreichte, drehte sie sich lieber weg. Nach wie vor hatte sie nicht den Eindruck, in den jungen Mann verliebt zu sein, aber das Gefühl der Zusammengehörigkeit war kurz fast überwältigend schön. Schon lange hatte sie sich keinem Menschen mehr so nah gefühlt, eigentlich seit den gemeinsamen Abenden mit Susanne nicht mehr. Ein kurzer Stich Bitternis durchfuhr sie, bevor sich ihre Gedanken wieder Lars zuwandten.

Umgekehrt war sie sich nach wie vor nicht völlig sicher, denn seine Reaktionen hätten durchaus einer Verliebtheit entspringen können. Andererseits, was wusste sie schon? Vielleicht täuschte sie sich auch und er schätzte sie einfach genauso wie sie ihn. Einmal mehr merkte sie, dass ihr in solchen Angelegenheiten völlig die Erfahrung fehlte. Der restliche Ausflug verlief in schweigsamer Einigkeit und keiner von beiden bemerkte die durchdringenden Blicke, mit denen der Ältere sie bedachte.

Abends schob Fred angeröstete Zwiebeln und Köttbullar in der Pfanne hin und her – gespannt, wie echter Elch, abseits von Ikea, wohl schmecken würde und enttäuscht, als sich später herausstellte, dass es nicht besonders exotisch war. Dabei ließ sie den Tag Revue passieren und befand, dass sie vielleicht erst jetzt, so weit im Norden, das Gefühl hatte, in Schweden angekommen und gleichzeitig endlich mit sich selbst im Reinen zu sein. Die Stille und Mächtigkeit der Natur rundherum färbte auf sie ab und stimmte sie seltsam heiter. Nichtsdestotrotz konnte sie sich gut vorstellen, dass eben diese, allein oder im Winter, genau die gegenteilige Wirkung haben und zu erdrückender Einsamkeit, vielleicht sogar Anflügen von Wahnsinn führen konnte. In diesen weiten, lautlosen Wäldern war es bestimmt leicht, etwas zu sehen, das nicht da war, etwas zu hören, das keiner sonst vernehmen konnte.

Auf dem Rückweg zum Hostel hatte der Ältere unvermittelt scharf gebremst - als sie hochgesehen hatte, standen ein halbes Dutzend braun-weiße Rentiere auf der Straße. Am Rand warteten noch weitere Teile der Herde und betrachteten die Störenfriede mit unergründlichen Blicken. Fred freute sich über die unerwartete Sichtung schwedischer Wildnis, fragte sich aber insgeheim, ob die beiden Jäger ihre Begeisterung teilten, oder in den Tieren nur die mögliche Beute sahen.

Nach wie vor zog es keinen von ihnen weiter – das Wetter war zu schön, die Landschaft ebenso, besonders die nahen Berggipfel boten immer wieder von neuem grandiose Anblicke. Also schmierten sie sich vormittags ein paar Brote, fuhren ein Stück und gingen dann wandern, der Ältere hatte auf seiner Karte eine passende Route herausgesucht. Auf dem Weg entdeckten sie ein Hinweisschild nach Frederika und amüsierten sich darüber, doch später waren sie alle in der Laune, für sich zu bleiben.

So liefen sie zwar gemeinsam los, blieben von da an aber nur gerade in Sichtweite zueinander und genossen die stille Natur jeder für sich allein. Freds Gedanken schwirrten zwischen Ereignissen und Personen hin und her. Wie so oft in den letzten Wochen dachte sie erneut an ihre Eltern und wie sie all das hier wohl beurteilen würden. Sie war sich sicher, dass sie ihr von irgendwoher zuschauten und scheute sich nicht, ihnen weiterhin alles Mögliche aus ihrem Leben zu erzählen. Fred merkte, dass sie sich in den letzten Monaten verändert hatte, dass sie anders mit Menschen umging, selbstbewusster geworden war – und war ein wenig stolz auf sich. Sie hoffte, dass das auch für ihre Eltern galt.

Unter Tannen und Lärchen kam sie außerdem nicht umhin, über ihre Mitfahrer nachzugrübeln. Sie mochte alle beide, wenn das Verhältnis zum Älteren auch deutlich distanzierter war – obwohl sie ihn durchaus charmant fand und für seine Allgemeinbildung bewunderte. Vielleicht lag es am Altersunterschied oder daran, dass er generell wenig über sich selbst verriet und nicht allzu viel Gemeinschaftlichkeit zu wünschen schien. Wie es sich wohl anfühlen würde, wieder allein zu reisen? Gerade schien ihr das jedenfalls keine allzu schöne Vorstellung zu sein. Fred schüttelte den unangenehmen Gedanken ab und hob lieber den Blick. Eine Brise ließ die Bäume sacht schwanken und erinnerte sie daran, dass der Herbst nicht mehr fernlag.

Zurück in ihrer Herberge zog der ältere Mann sich auf eines der Sofas zurück, während sie gemeinsam mit Lars das Essen zubereitete. Fred hatte bereits gemerkt, dass jener gerne las, fast immer Klassiker oder, wie jetzt, Zeitung.

Lars hingegen wirkte unkonzentriert, schnitt sich beim Zwiebelschneiden sogar in den Finger, verzog zu ihrer Überraschung aber keine Miene – das musste doch wehtun! Fred bestand darauf, ihn zumindest zu verpflastern.

„Alles in Ordnung?"

Erst schien er etwas antworten zu wollen, dann seine Meinung zu ändern und sich die Erwiderung zu verkneifen, ja er wandte sich geradezu ruckartig ab. Nach ein paar Minuten schweigenden Rührens hub Lars dann aber doch an leise zu sprechen.

„Möchtest du eigentlich noch lange mit uns zusammen reisen?"

Sie blickte ihn irritiert an – mit einer solchen Frage hatte sie wirklich nicht gerechnet – doch er starrte stur weiter in den Topf vor sich. Ob er sie loswerden wollte? Sie hatte es, kaum gedacht, auch schon ungewollt laut ausgesprochen. Da sah er sie nun doch an, beinahe schon entsetzt.

„Nein!" - nach kurzem Zögern fügte er hinzu: „Ich wollte nur mal fragen, wie deine Pläne aussehen und so ..."

Fred war klar, dass er log, nur nicht, warum. War er vielleicht doch in sie verliebt, litt er unter ihrem rein freundschaftlichen Zusammensein? Sie wurde nicht schlau aus ihm, zumal er kein weiteres Wort darüber verlor und auch sie nicht wusste, was sie noch Sinnvolles hätte beisteuern können. Kurz bevor sie das Essen zum Tisch brachten, fixierte er sie noch einmal.

„Ich mag dich wirklich, glaub mir das bitte, ja?"

Das wiederum tat sie und nickte, sicher, eine innere Not in dem jungen Mann zu spüren, die sie sich nicht erklären konnte. Zumindest ihre Reaktion schien ihn etwas zu beruhigen. Nichtsdestotrotz nahm sie sich insgeheim vor, ihn bei der nächsten Gelegenheit, bei der sie ausreichend Zeit allein verbrachten, noch einmal darauf anzusprechen.

Später sah sie verwundert zu, wie der Ältere Lars zur Seite zog und dann mit knappen Worten verkündete, dass sie noch einmal wegfahren würden. Es dämmerte bereits und sie fragte sich sofort, ob sie vorhatten, erneut jagen zu gehen, beschloss dann jedoch, das lieber nicht zu kommentieren. Es stand ihr weder zu, noch hätte es Sinn gemacht, sich einzumischen. So oder so irritierte sie der ungewöhnlich spontane Aufbruch.

Der Ältere hatte ihm nichts gesagt, nur, dass er mitzukommen hatte, und zwar auf der Stelle. Lars hatte nicht nachzufragen oder gar zu widersprechen gewagt, zum einen, weil er aus Erfahrung wusste, dass es keinen Zweck hatte, zum anderen, weil er bereits anhand des Tonfalls sicher war, dass es sich um etwas Ernstes handeln musste. Nicht zuletzt waren seine Gedanken noch ausgiebig mit dem vorangegangenen Gespräch beschäftigt. Einmal mehr hatte er sich selbst bewiesen, dass er unfähig war. Ob er Fred mit seinem Versuch beleidigt hatte? Wenn ja, war das gut oder schlecht? Würde sie dann vielleicht von selbst verschwinden? Insgeheim wusste er, dass es das war, was er wollte. Zumindest wollen sollte.

Nervös stieg Lars in den Wagen, sie fuhren stumm ein Stück um den angrenzenden See herum bis zu einem verwaisten Picknickplatz, dann stieg der Ältere aus. Wortlos legte er eine aufgeschlagene Tageszeitung auf den verwitterten Holztisch und richtete seine Taschenlampe darauf. Lars brauchte einige Minuten, bis er den Grund für den plötzlichen Ausflug entdeckt hatte – die beiden Phantombilder waren nicht besonders gut gelungen. Der Artikel jedoch machte unmissverständlich deutlich, dass tatsächlich sie gemeint waren. Und diesmal war auch unzweifelhaft, dass sie als Verdächtige gesucht wurden, kein Versteckspiel mehr hinter irgendwelchen kuriosen Verkehrsunfällen. Ihm wurde kalt, als er an die Konsequenzen dachte, doch zugleich erfüllte sich nun etwas, mit dem ein kleiner Teil von ihm schon immer unweigerlich gerechnet hatte. Vorsicht hin oder her, es hatte nicht immer gut gehen können, irgendwann hatte es einfach passieren müssen. Dass es nun so schnell ging, hatte er allerdings nicht erwartet. Es traf ihn wie ein Schlag in die Magengrube, erheblich härter sogar, als er angenommen hatte.

„Dir ist klar, dass wir nicht nur unser Aussehen verändern, sondern auch sofort das Land verlassen müssen?"

Lars nickte bloß, er war noch damit beschäftigt, die gerade gewonnene Erkenntnis zu verdauen, während der Ältere gewohnt stoisch und unbeeindruckt blieb.

„Du wirst dein Haar dunkel färben, ich trage fortan Glatze. Auch die Nummernschilder werden wir selbstverständlich wieder auswechseln."

Lars stimmte erneut fraglos zu, nach wie vor wie betäubt.

„Und natürlich müssen wir das Mädchen loswerden."

Er spürte, wie ihm das Blut in die Füße sackte und ihm gleichzeitig eiskalt wurde.

„Warum?", brachte er schließlich hektisch flüsternd hervor.

Der Andere klang ruhig, beinahe sanft, als er antwortete:

„Das weißt du doch selbst genau. Sie würde uns immer wieder erkennen. Eine Zeugin brauchen wir nun am wenigsten und niemand wird sie vermissen, wenn sie verschwindet."

Der Endgültigkeit in seiner Stimme hatte Lars nichts mehr entgegenzusetzen, bloß das Gefühl, als würde innerhalb weniger Minuten seine ganze Welt zusammenbrechen.

Als sie zurückkehrten, konnte er sich nicht überwinden, sofort die Herberge zu betreten, stattdessen saß er noch eine Weile zitternd und rauchend hinter dem Auto. Wie sehr hatte er ihm widersprechen wollen, wie sehr wollte er aber auch, dass alles wieder beim Alten, alles wieder gut wäre. War jemals alles gut gewesen? Egal, schlimmer als jetzt konnte es nicht mehr werden. Er wollte sie nicht verlieren. Und ihn auch nicht. Es war doch der einzige Mensch, der ihn wirklich verstand. Der wusste, wer er war. Dass er etwas wert war.

Karl war begeistert. Das war ein überraschendes und lang vergessenes Gefühl, das er nach einigen Überlegungen irgendwann in seine Kindheit verortete. Der Anrufmarathon, all das Theater um die richtigen Zeiten und die Lizenzstellen waren eine elende, ja beschissene Arbeit gewesen. Doch schlussendlich hatte sie sich gelohnt. In der Nähe beinahe jeder seiner Leichen waren irgendwo zwei Namen aufgetaucht. Auch wenn er es lange als Zufall abgetan hatte – denn Serienkiller-Duos kamen außerhalb reißerischer Kinofilme praktisch nie vor – zeichnete sich doch bald ein Muster ab. Immer die gleichen Namen zu benutzen, war nachlässig gewesen, aber er nahm an, dass sich die Täter in diesem Fall vielleicht doch eine Idee zu sicher gefühlt hatten. Karl war zwar überzeugt, dass die Namen selbst und alle sonstigen Daten gefälscht waren, aber zumindest ein paar der Augenzeugen vermochten die beiden noch ungefähr zu beschreiben. Und so waren, in mühsamer Kleinarbeit, zwei Phantombilder entstanden.

Karl fand das Ergebnis durchaus ansprechend, aber inwieweit es mit der Realität korrelierte, wusste er natürlich nicht. Trotzdem, es war ein gewaltiger Schritt nach vorn und er erwischte sich in diesen Tagen immer wieder, wie er gebannt das Telefon hypnotisierte, darauf wartend, endlich den einen Anruf zu bekommen. Selbst seine Chefin hatte sich dazu herabgelassen, ihren Umgangston von barsch auf gleichgültig zu reduzieren, und ihm außerdem in der letzten Mitarbeiterbesprechung grünes Licht gegeben, weiterzumachen, wie es ihm beliebte. Das war fast schon mehr, als er sich hätte wünschen können.


Der nächste Tag begann sonnig und friedlich, daher beschlossen sie erneut und ohne große Worte noch mindestens eine Nacht vor Ort zu bleiben. Nach dem Frühstück unternahmen sie einen gemeinsamen Ausflug nach Stensele, weil Fred gelesen hatte, dass dort die größte Holzkirche Schwedens stand. Sie war hübsch, hell und vermutlich auch beeindruckend, doch an Lars zog all das vorbei wie ein nichtssagender Dokumentarfilm. Er hatte sich beruhigt, doch was der Ältere gesagt hatte, wollte ihm nicht aus dem Kopf gehen, auch wenn er nun versuchte, es objektiver zu betrachten. Hatte er seine Drohung wirklich ernst gemeint? Oder ihn vielleicht doch nur provozieren wollen? Er hielt bei ihm beides gleichermaßen für möglich und wusste nicht mehr, ob er dem Mann, mit dem er schon so lange eine Leidenschaft teilte, den er beinahe schon liebte wie einen großen Bruder, eigentlich noch vertraute.

Er würde noch einmal in Ruhe mit ihm reden und ihm verständlich machen müssen, dass es nicht notwendig war, Fred etwas anzutun, dass sie sie ruhig gehen lassen könnten und dass es gar keinen Sinn ergab sie umzubringen. Sie würden auch so verschwinden können, sie stellte kein Risiko dar. Schlussendlich, dass es ihm wehtäte – obwohl er nicht ganz sicher war, ob das für den Anderen nun ein Argument dafür oder dagegen sein würde. Hoffentlich dagegen. Lars war es so gewohnt seinem Mentor zu gehorchen, dass es ihn nun fast zerriss. Der Ältere traf immer die Entscheidungen und er hatte nie Grund gehabt ernsthaft daran zu zweifeln. Aber sie … er mochte sie so gern, ihm war so wenig je wichtig … er sollte sie ihm lassen. Ja, doch, er würde mit ihm sprechen, er würde ihn überzeugen, ganz sicher.


Nachdem sie wieder zurück waren, ging jeder seines eigenen Wegs. Fred sah, dass der Ältere sich zurückzog, vermutlich um zu lesen, wie er es auch in den letzten Tagen häufiger getan hatte. Lars war ebenfalls schnell verschwunden und sie selbst nutzte die Zeit, um in Ruhe ihre Finanzen zu ordnen und ein Abendessen zuzubereiten. Alle – sie inklusive – schienen heute in ruhiger Stimmung zu sein und ihren persönlichen Gedanken nachzuhängen, also verlief die Mahlzeit beinahe wortlos. Fred war das nicht unangenehm. Sie hatte gerade genug, über das sie nachsinnen konnte, angefangen mit ihrer weiteren Reiseplanung und endend mit Lars, dessen mal anrührend liebe, mal kühl unnahbare Art sie immer noch nicht einzuordnen vermochte. Von dem seltsamen Gespräch am gestrigen Tag ganz zu schweigen. Was wollte er denn bloß? Sie hatte ihn lieb gewonnen, so viel war klar, aber seinem Verhalten war einfach nicht zu entnehmen, ob er sie wirklich über ihre Rolle als Mitfahrerin hinaus schätzte. Mal warf er ihr Blicke zu, als wolle er sie am liebsten küssen, dann wieder war er so eisig, dass sie das Gefühl hatte, ihn beleidigt zu haben. Es war ihr ein Rätsel.

Der Himmel hatte sich zugezogen und wartete mit dichten, dunklen Wolken auf, tief hängend, als wollten sie die Baumwipfel berühren. Bald würde es dämmern. Trotzdem verabschiedete sie sich von den beiden Männern, um noch einmal laufen zu gehen. In Regenjacke und Wanderhosen rannte sie kurz darauf die schmalen, schlammigen Pfade entlang, in einem Tempo, von dem sie wusste, dass es sie zwar nicht erschöpfen, aber doch ihre wirren Gedanken für eine Weile zum Schweigen bringen würde.

Lars blieb allein mit dem Älteren am Tisch zurück, beide schweigend in Gedanken versunken. Er verabschiedete sich kurz, um zu spülen, dann setzte sich der junge Mann wieder, bediente sich an der Wasserflasche vor ihm und spielte unsicher mit deren Deckel. Er wusste keinen Anfang für dieses schwere Gespräch. Er wollte, nein, musste den Anderen endlich noch einmal auf seine Drohung ansprechen. Doch bislang hatte er sich nicht getraut - auch jener hatte kein Wort mehr darüber verloren und sich nichts anmerken lassen, beinahe als sei es nie geschehen. Wahrscheinlich hatte er seine Drohung wirklich nicht ernst gemeint. Und wer weiß, vielleicht brachte er ihn damit, ihn noch einmal daran zu erinnern, erst auf dumme Ideen? Andererseits schien ihm das Risiko, es nicht zu tun, doch wieder zu hoch.

Lars seufzte tief und merkte im selben Moment, wie müde er eigentlich war - fast war ihm sogar ein wenig schwindelig. Kein Wunder nach den letzten Nächten, die durchgrübelt, kurz und unruhig gewesen waren. Also würde er auch heute nicht mit ihm reden. Aber morgen, nahm er sich ganz fest vor, morgen würde er wirklich mit ihm sprechen.

„Gute Nacht", nuschelte Lars, schwankte ins gemeinsame Zimmer und schlief wie ein Stein, kaum berührte sein Körper das Bett.


Als Fred zurückkehrte, war es bereits dunkel und aus dem Nieseln ein kräftiger Landregen geworden. Ermattet schob sie sich im Flur die Kapuze vom Kopf und bemerkte im dumpfen Licht des Eingangs die Gestalt des Älteren. Er lächelte ihr zu und sie stellte nebenbei erstaunt fest, dass er allein im unbeleuchteten Wohnzimmer gesessen haben musste. Gerade bückte sie sich zu ihren Schuhen hinab, als sie ihn leise sagen hörte:

„Du warst ein wirklich nettes Mädchen."

Irgendetwas kam Fred daran eigenartig vor. Aber sie war zu abgelenkt und kam im ersten Moment nicht darauf, was ihr an dem Satz nicht gefiel, wieso ihr der Tonfall unwillkürlich die Haare zu Berge stehen ließ, während sie an ihren nassen Schnürsenkeln nestelte. Und noch bevor sie sich wundern konnte, weshalb er die Vergangenheitsform benutzt hatte, spürte sie einen Stich im Nacken und zuckte zusammen. Im selben Augenblick ging ihr auf, dass der Gesichtsausdruck des Mannes eigentlich nichts mit einem Lächeln gemein gehabt hatte. Bestenfalls war es noch das grausige Grinsen eines Totenschädels gewesen, dachte sie schaudernd, dann gaben bereits ihre Knie nach und schwarze Flecken zerflossen vor ihren Augen.

Plötzlich ging alles unheimlich schnell, viel zu schnell für seinen Geschmack, stellte Karl fest. Er mochte es langsam, in kleinen, nachvollziehbaren Schritten, an die er sich gewöhnen konnte. Doch nachdem der Zeitungsartikel erschienen war, kamen in rascher Folge Fahndungsplakate hinzu, mit einer Summe darauf, die ihm schier den Atem raubte. So viel konnte er bestenfalls als Jahresgehalt verbuchen, und zwar brutto! Selbst seine Chefin rannte mit einem Mal wie aufgescheucht durch die Gänge und schien seinen Ermittlungen unerwartet große Bedeutung beizumessen. Man munkelte, sie habe ob des vorherigen Versäumnisses einen ordentlichen Rüffel von oben kassiert. Unversehens war die kleine Dienststelle überfüllt, eine Sonderkommission war eingerichtet worden und im wahrsten Sinne des Wortes über Nacht schwirrte das Gebäude wie ein Bienenstock. Von einem Tag auf den anderen waren sie zur Ermittlungszentrale Schwedens aufgestiegen, ja geradezu mutiert. Es ließ sich kein Fuß vor die Tür setzen, ohne sogleich von Reportern umringt zu werden, drinnen hingegen stieß Karl sich ständig an irgendeiner wichtig wirkenden Krawatte.

Am Morgen nach Veröffentlichung der Fahndungsplakate fand er sich in einem Konferenzraum voller ernst dreinblickender, Anzug tragender Unbekannter und dampfendem, schwarzen Kaffee wieder, wobei man anscheinend etwas von ihm erwartete. Sodann gab er unsicher und schwitzend wieder, was und wie er es herausgefunden hatte, versuchte dabei, nicht zu jämmerlich zu klingen, und erntete von allen Seiten geschäftiges Nicken. Zwischen all den Experten, die wasserspeierartig Fachworte und Thesen hervorbrachten, fühlte er sich enorm fehl am Platz. Fortan wurde heftig über Strategien diskutiert, ein grau melierter Profiler präsentierte seinen Senf dazu und jeder um Karl herum schien auf einmal eine Menge Ahnung von den Verbrechen zu haben. Auf jeden Fall anscheinend mehr als er.

Karl selbst wusste nicht mehr, wie ihm geschah und hatte außerdem Kopfschmerzen – kaum ein Wunder nach der kleinen Alkoholorgie am gestrigen Abend. Wann war das bloß so groß geworden? Er hatte das Gefühl, nicht mehr mitzukommen. Irgendwann war es endlich vorbei und er verkroch sich heilfroh und mit leerem Kopf in seinem Kabuff. Doch auch den restlichen Tag über wurde beratschlagt, wie weiter vorzugehen sei. Einerseits ging es darum, was man noch tun könnte, um die beiden zu finden, abgesehen davon, auf Hinweise aus der Bevölkerung zu warten. Gemeinsam überlegte man, ob es möglich war, eine ungefähre Route der Gesuchten auszuarbeiten und daraus auf ihren jetzigen Aufenthaltsort schließen zu können. Doch dazu fehlten verlässliche Daten, um das Gebiet wenigstens einzugrenzen, und auch die jeweiligen Todeszeitpunkte der Opfer waren viel zu vage, die Leichen in zu schlechtem Zustand. Sowieso stellte sich die heiße Frage, ob die beiden Mörder sich überhaupt noch im Land befanden oder ob sie längst über alle Berge waren – so oder so jedoch galt es, die Fahndung schnellstmöglich auf internationale Füße zu stellen. Denn das war mit Abstand die drängendste Aufgabe: Weitere Opfer zu verhindern und daher auch, ableiten zu können, wie häufig die Mörder zuschlugen und die Bevölkerung zu warnen.

Die andere Frage war, wie sie mit ihnen umgehen sollten, wenn es tatsächlich zu Sichtungen kam. Denn die beiden verbanden Waffenkenntnis mit Umsicht und Skrupellosigkeit, waren zudem noch zu zweit – selbst altgediente Ermittler konnten sich nicht daran erinnern, in Schweden jemals eine so brandgefährliche Kombination erlebt zu haben. Der Einsatz von Sonderkommandos wurde geplant, ja sogar eine Mobilisierung des Militärs erwogen, Letzteres jedoch rasch wieder verworfen, schon um die sich ohnehin in Aufruhr befindliche Zivilbevölkerung nicht vollends zu verstören. Sowieso wären Truppen erst dann nützlich geworden, wenn es hieß ein großes, aber wenigstens konkretes Areal zu durchkämmen. Doch so weit waren sie eben nicht und Karl spürte die sachte Panik, die sich unter all dem Aktivismus verbarg. Er selbst kam sich bei all dem vollkommen nutzlos vor. Nicht, dass er das nicht gewohnt war, aber nun setzte es ihm zum ersten Mal zu. Also tat er das, was er seiner Meinung nach am besten konnte: Er ließ sich neben dem Telefon nieder, wartete und nahm Anrufe entgegen.

Die meisten derer, die die beiden Mörder erkannt haben wollten, ließen sich schon nach wenigen Fragen als aufmerksamkeitsbedürftig entlarven, wenn es sich nicht einfach um der allgemeinen Hysterie geschuldete Fehlalarme handelte. Nicht umsonst behielten sie immer ein oder zwei Details aus strategischen Gründen zurück. In diesem Fall war es die konkrete Farbe des Wagens, die ausreichend Angestellte aus den verschiedenen Lizenzbüros hatten benennen können. Doch einige Male musste er seine Kollegen trotzdem aufstören und ganze Kolonnen Einsatzfahrzeuge machten sich hoffnungsvoll auf den Weg – stets erfolglos. Zwei Tage lang setzte sich die zermürbende Situation fort. Ermüdet und routiniert hob Karl den Hörer von der Gabel des uralten Geräts, spulte seine Standardfragen ab, mit gerunzelter Stirn seine Fingerkuppen musternd, sicher, dass dort bald Blasen entstehen würden. Dann jedoch kam der Anruf, der ihn augenblicklich kerzengerade sitzen ließ. Wie in Zeitlupe legte er danach auf, sein ganzer schwabbeliger Körper schien ihm elektrisiert.

## 14

Als Lars aufwachte, hatte er Mühe, sich zu orientieren. Außerdem dröhnte sein Kopf, als habe jemand eine Mine darin errichtet und arbeite sich, kontinuierlich sägend, bohrend und hämmernd, von seiner Schläfe aus nach innen vor. Blinzelnd erkannte er das vertraute Interieur des Hostelzimmers, das in völliger Dunkelheit und Stille dalag. Keine Spur der frühen Morgendämmerung, kein erregter Vogel, der sich genötigt fühlte, seine Begeisterung über den baldigen Tagesbeginn in die kalte Luft hinauszuposaunen – es war eindeutig tiefste Nacht. Vor allem aber, und es brauchte einige Minuten, bis er es realisierte, kein Atem neben ihm. Egal, der Andere war auf der Toilette, er war eben alt, da war nächtlicher Harndrang nun wirklich keine Seltenheit. Von Weitem meinte er, einen schmalen Lichtschein unter der Tür hindurchsickern zu sehen, und döste wieder ein.

Einige wirre Traumbilder später erwachte er erneut, diesmal deutlich klarer als zuvor. Sofort wurde Lars bewusst, dass der Ältere nach wie vor nicht neben ihm lag. Konnte er immer noch …? Oder schon wieder? Wie viel Zeit war eigentlich vergangen? Beinahe im selben Moment bemerkte er, dass das Bettzeug neben ihm gänzlich unbenutzt war und saß auf der Stelle senkrecht, plötzlich hellwach. Eine finstere Ahnung schlich sich in sein Gemüt, suppte in seinen Geist wie Gift. Wo war er? War er vielleicht …? Tat er ihr etwas an? War es nun tatsächlich so weit gekommen? Das durfte er nicht!

Unwillkürlich sprang Lars auf und rannte in den Flur hinaus. Er wusste, welches Zimmer Fred genommen hatte – ohnehin hätte er niemanden stören können, denn sie waren zurzeit die einzigen Gäste der Herberge. Und selbst wenn, es wäre ihm gleichgültig gewesen.

Als er ihres leeren, unberührten Bettes gewahr wurde, verfiel er in helle Panik. Lars rannte zur Tür und zuckte augenblicklich zusammen, als seine Kopfschmerzen sich nach dem ersten Schock zurückmeldeten. Was es auch war, das der Andere ihm ins Wasser gegeben hatte, es hatte ihn ordentlich niedergestreckt. Augenblicklich hasste er sich dafür, ihm in die Falle gegangen zu sein, sich so naiv angestellt zu haben – wie lange kannten sie sich nun schon?! Dann erst fiel ihm auf, dass er immer noch in Shorts und T-Shirt unterwegs war, er stürmte fluchend zurück ins Zimmer und zwängte sich mit ungeschickten Fingern in Jacke und Hose. Erleichterung überkam ihn, als er hektisch unters Bett tastete: Sein Gewehr lag immer noch an Ort und Stelle, der Ältere musste sich seiner Sache sehr sicher gewesen sein.

Den Waffenkoffer umklammernd, trat er vor die Tür und kam sich sofort dumm vor, denn der Pick-up war fort, natürlich. Der Parkplatz glich eher einer weitläufigen, durch einzelne Buschgruppen fast verwinkelt wirkenden Wiese, darauf lose verteilt fast ein Dutzend Autos. Einige von ihnen wirkten, als seien sie schon länger nicht bewegt worden, und so hoffte er, dass das Fehlen eines der Wagen nicht gleich auffallen würde. Lars hastete eine Weile ziellos über den Hof und die

188

angrenzende Fläche, bis er einen alten Volvo entdeckte. Seine Jugendjahre auf Abwegen kamen ihm nun zupass, denn nach fieberhaftem, unsicheren Gefummel gelang es ihm, das prähistorische Modell kurzzuschließen und zu starten. Der Kies knirschte unter den Reifen, als er Gas gab und mit leerem Kopf auf die Straße hinausschoss.

Fred schlug mühsam die Augen auf. Irgendetwas stimmte nicht. Sie kam noch nicht darauf, was es war, aber irgendetwas war ganz und gar nicht in Ordnung. Dumpfes, regelmäßiges Rauschen begleitete diesen Gedanken. Ihre Zunge war so trocken, dass sie am Gaumen klebte wie eine Napfschnecke, eine wunde Stelle blieb zurück, als sie sie löste. Um sie herum war alles dunkel. Übelkeit stieg in ihrer Kehle empor und sie entschied, die Augen lieber noch eine Weile geschlossen zu lassen. Es wurde etwas besser, trotzdem gelang es ihr nicht, sich zu entspannen. Ihre Knie schmerzten, sie versuchte, die Beine durchzustrecken, doch etwas hinderte sie daran. Ein muffiger Geruch waberte ihr in die Nase, das raue Textil der Bettdecke kratzte in ihrem Gesicht. Wann war sie überhaupt zu Bett gegangen? Sie konnte sich nicht daran erinnern. Wäre ihr nicht so abartig übel und schwindelig gewesen, hätte sie sich einfach wieder in den Schlaf zurücksinken lassen. Aber sie wurde das beängstigende Gefühl nicht los, dass hier etwas falsch lief, und begriff einfach noch nicht, was es war.

Fred versuchte, die Ereignisse des Abends zusammen zu puzzeln. Sie war joggen gewesen, es hatte geregnet, die Silhouette des Hostels auf der Wiese war kaum noch zu erkennen gewesen, als sie zurückkehrte. Doch die beleuchtete Holztür war ihr warm und heimelig erschienen. Und dann ... urplötzlich schossen ihr in rasender Folge Bilder durch den Kopf, wie auf Dias erkannte sie die Gestalt des Älteren, sein hämisches Grinsen, spürte noch einmal die Irritation, die sich unmittelbar in tiefen Schrecken verwandelte. Auf der Stelle war sie hellwach vor Entsetzen.

Sie lag nicht sicher und behütet im Bett der Herberge. Wo war sie? Und was hatte er mit ihr vor? In dem Moment fielen ihr die blutbesudelten Gummistiefel auf der Ladefläche wieder ein und sie schauderte vor Grauen. Im letzten Augenblick gewann Fred die Kontrolle über sich zurück und konnte verhindern, unkontrolliert loszustrampeln oder laut zu schreien. Stattdessen gab sie sich Mühe, einen klaren Gedanken zu fassen und irgendetwas in der Art einer Strategie zu entwickeln. Was auch immer er ihr gespritzt hatte, nun war sie jedenfalls wach und bezweifelte, dass das von ihm geplant gewesen war, oder dass er es wusste. Noch nicht jedenfalls. Möglicherweise lag es an ihrem schnellen Stoffwechsel oder er war zu vorsichtig mit der Dosierung gewesen, weil sie so schlank war – auf jeden Fall musste sie diesen Umstand zu ihren Gunsten nutzen. Bloß wie?

Gleichzeitig überkam Fred eine neue Befürchtung. Hatte er sie vielleicht ...? Immerhin war sie eine unbekannte Zeit lang bewusstlos gewesen! Fast starr vor

Angst und unendlich langsam tastete sie an sich herab. Doch zu ihrer überwältigenden Erleichterung war sie vollständig bekleidet. Unterhemd, leichter Funktionspulli, robuste Hose, ja sogar Laufschuhe und Regenjacke befanden sich noch am richtigen Platz. Allerdings hatte sie keinerlei Zweifel daran, dass ihr noch eine Vergewaltigung bevorstand – warum sonst hätte er sie entführen sollen? Und sie machte sich auch keine Illusionen darüber, dass er sie danach am Leben lassen würde, wenn sie nur gehorsam und widerstandslos tat, was er verlangte. Dazu wirkte das hier zu geplant und er als Mensch zu kühl und konsequent. Egal, darüber sollte sie jetzt nicht zu genau nachdenken, sie durfte nicht ausflippen, sie musste sich konzentrieren! Immerhin hatte er sie nicht gefesselt. Behutsam bewegte sie Muskel für Muskel und stellte dankbar fest, dass sie bislang unverletzt war.

Weitere lange Minuten später hatte Fred erkannt, dass sie augenscheinlich auf der Rückbank eines Autos lag, bei dem es sich vermutlich um den Pick–up der beiden Männer handelte. Sie versuchte sich so intensiv wie möglich auf ihre Umgebung zu fokussieren, zu lauschen und keine anderen Gedanken zuzulassen. Nach einiger Zeit war sie davon überzeugt, dass sie über Schotterstraßen oder Waldwege fuhren – immer wieder ruckelte der Wagen heftig. Sehr schnell bewegten sie sich nicht, 40 bis 50 Stundenkilometer, vielleicht sogar weniger, wenn sie hätte raten müssen. Wie lange waren sie schon unterwegs? Und vor allem, wie lange würden sie noch unterwegs sein? Vorsichtig linste sie unter der Decke hervor und stellte, erstaunt aber erleichtert, fest, dass der Beifahrersitz leer war. Daneben konnte sie die Umrisse des Älteren erkennen. Lars war also nicht bei ihm, warum auch immer. Wäre es klug den Mann zu überraschen, wenn er ausstieg, um sie aus dem Auto zu zerren? Aber dann würde er aller Wahrscheinlichkeit nach bewaffnet sein, und sie hätte kaum eine Chance. Vielleicht lieber erschossen, als erst vergewaltigt und dann erschossen? Nein, so weit war sie noch nicht!

Die einzige andere Option bestand allerdings darin, aus dem fahrenden Auto zu springen, und dabei war das Verletzungsrisiko enorm hoch. Fred entschied sich trotzdem dafür, es zu versuchen. Behutsam schob sie die grobe Wolldecke, unter der er sie verborgen hatte, ein Stück zur Seite und blickte noch einmal hinaus. Den Älteren konnte sie von ihrer Position aus zwar immer noch nicht genau erkennen, dafür aber – und das war viel wichtiger –, dass es schon wieder dämmerte, wenn auch nur schwach. Das wiederum war gut, denn es hieß, dass sie draußen etwas erkennen, sich aber trotzdem noch würde verstecken können. Anscheinend waren sie bereits eine ganze Weile unterwegs.

Langsam tastete sie mit der Hand an der Tür hinauf – zum Glück war es ein alter Wagen, bei dem sich die Türen noch manuell öffnen ließen. Beim scharfen Klicken des kleinen Knopfes blieb ihr Herz fast stehen, doch das Geräusch der Reifen auf Schotter übertönte es. So weit eben es möglich war, machte sie sich bereit. Spannte den ganzen Leib an wie eine Feder, holte noch

einmal tief Luft. Wartete auf eine Kurve, in der der Ältere gezwungen war, das Tempo zu drosseln. Halb ließ
sie sich fallen, halb stieß sie sich ab, dann schleuderte
ihr Körper hinaus in die kalte, klare Luft.

Er hatte darauf bestanden, dabei zu sein. Normalerweise hätte Karl eine Menge dafür getan, sich vor einem
Außeneinsatz zu drücken, besonders bei diesem miesen
Wetter – aber das hier war etwas ganz anderes. Der
Anrufer war Betreiber einer Herberge, fast 600 Kilometer nördlich von Uppsala, und sich absolut sicher gewesen, die beiden erkannt zu haben. Er hatte außerdem ein
gutes Gedächtnis für Details und konnte daher jede
Kleinigkeit des dunklen Pick–ups sowie das Aussehen
der beiden Männer genau beschreiben. Alles schien
perfekt zu passen, mit Ausnahme der Tatsache, dass
eine junge Frau mit ihnen reiste. Das war einerseits
irritierend, andererseits besorgniserregend. Es könnte
sich natürlich auch bloß um eine Anhalterin handeln,
die lediglich durch einen Zufall dort und nun längst
wieder weg war. Oder um ihr nächstes Opfer, was er
persönlich für wahrscheinlicher gehalten hätte, wenn
jemand danach gefragt hätte. Nicht, dass ihn je jemand
fragen würde. So oder so aber arbeiteten sie schon deshalb unter Hochdruck. Niemand würde sich verzeihen,
wenn die junge Frau starb, bevor sie die beiden fassen
konnten.

Und daher kam es, dass er sich nun unauffällig am
Autotürgriff festklammerte und den aufkommenden
Brechreiz herunterschluckte. Denn der SoKo–Typ neben

ihm, mit der Physiognomie eines nordischen Gottes und dem Gesichtsausdruck eines Hades–Wächters, fuhr wie eine gesengte Sau. Er schien sich vorgenommen zu haben, die Strecke in Rekordzeit zu absolvieren, koste es was es wolle - und das waren neben den Stoßdämpfern vor allem Karls Bandscheiben. Immerhin würden sie so schneller ans Ziel kommen, versuchte Karl es positiv zu betrachten. Oder als Frikadellen auf dem Asphalt enden, ergänzte der kleine Zyniker aus seinen Gehirnwindungen heraus.

Als sie ankamen, war der schmale Parkplatz vor dem Hostel bereits vollgestopft mit den verschiedensten Einsatzfahrzeugen, sogar einen Hubschrauber konnte Karl kreisen sehen. Das Einzige, was nicht da war, war ein Geländewagen, wie er vom Besitzer beschrieben worden war. Der wiederum wurde auf dem Vorplatz des kleinen Verwaltungsgebäudes in die Mangel genommen, in der Hoffnung ihm noch irgendein hilfreiches Detail zu entwringen. Karl war das einige Minuten lang völlig egal, er war vor allem dankbar, dem Gefährt Charons heil entkommen zu sein und bemüht, seinem beleidigten Magen gut zuzureden. Dann aber stampfte er behäbig über den zertrampelten, matschigen Rasen, entschlossen, den Einsatzleiter zu finden und herauszubekommen, wo die Verdächtigen hin verschwunden waren. Die Überwindung seinen Sessel zu verlassen, von der soeben überlebten Tour de Force ganz zu schweigen, sollte wenigstens nicht umsonst gewesen sein!

Es zeigte sich, dass die drei zwar hier gewesen, aber allesamt seit eben dieser Nacht unauffindbar waren. Allerdings stellten sie bei der folgenden Durchsuchung fest, dass sich der größte Teil ihres Gepäcks – Kleidung, Badezimmerutensilien, Rucksäcke – noch hier befand. Das konnte heißen, dass sie entweder völlig übereilt geflohen, oder aber unbedarft zu einem frühmorgendlichen Ausflug aufgebrochen waren. Hoffentlich Letzteres. Auf jeden Fall aber war Eile geboten, denn jeder bei gesundem Menschenverstand ahnte, dass das Leben des Mädchens spätestens dann keinen Pfifferling mehr wert war, wenn die beiden Mörder realisierten, dass sie verfolgt wurden. Es sei denn, die beiden nahmen sie ohnehin bereits bewusst als Geisel. Oder sie war schon tot. Wobei diese Szenarien niemandem einen Deut besser erschienen.

Der Aufprall war genau so hart, wie Fred befürchtet hatte. Unmittelbar wurde ihr die Luft aus den Lungen gepresst. Der Schock nahm ihr fast das Bewusstsein, aber sie konnte noch spüren, wie sich kleine Steine in ihren Rücken bohrten, als sie über die Straße rollte. Dann sah sie kurz weiße Blitze und sonst nichts mehr. Instinktiv war sie trotzdem klug genug, den Schwung zu nutzen und sich noch einmal zu drehen, sodass sie hinab in den Graben rutschte. Dort versuchte sie sich so schnell wie möglich wieder aufzurappeln – vielleicht hatte er ja gar nichts gemerkt? Das Geräusch quietschender Bremsen in einiger Entfernung strafte ihre Hoffnung Lügen.

Stolpernd erklomm Fred die steile Böschung zu ihrer Rechten, sich hastig am nassen Gras hochziehend. Ein kleines Birkenwäldchen schloss sich daran an, in das sie halb bewusstlos hineintaumelte. Ohne zu wissen, wohin und halb ohnmächtig schwankte Fred vorwärts, Hauptsache weg, weg von ihm, von der Straße, vom drohenden Tod. Blind vor Schock und Panik rannte sie immer weiter, brach durch Gebüsch und Gräser, sackte ein, klammerte sich an Sträuchern fest, stürmte erneut weiter, halb irre vor Angst. Schmerzen spürte sie in diesem Moment nicht. Adrenalin und Entsetzen bei der Vorstellung von dem, was ihr blühte, wenn er ihrer habhaft würde, trieben sie voran.

Irgendwann musste sie trotzdem stehen bleiben, ihr Körper verweigerte für den Moment jede weitere Arbeitsleistung. Nun kamen auch die Schmerzen. Kein Laut erklang rundherum, nur ihr eigenes Keuchen und das Brausen ihres Blutes in den Ohren. Unwillkürlich krümmte sie sich zusammen und erbrach gelbe Galle, mehr hatte sie nicht im Magen. Geschwächt ließ sich Fred auf ein Moospolster sinken und kämpfte gegen den Schwindel an, rang heftig nach Atem. Das Betäubungsmittel forderte seinen Tribut und einige Minuten lang blieb Fred nichts anderes übrig als dazusitzen. Sterne tanzten vor ihren Augen.

Als sie sich wieder einigermaßen erholt hatte, inspizierte sie erst einmal die Schäden, die der stuntmanmäßige Absprung hinterlassen hatte. Möglichst sanft krempelte sie Ärmel und Hosenbeine hoch, um festzustellen, dass sie zwar einige blutige Schürfwunden an

Knien und Ellbogen, sicherlich auch eine Reihe blauer Flecken, sonst aber nichts Ernsthaftes davongetragen hatte. Glück gehabt! Konnte man in so einer Situation überhaupt von Glück sprechen? Einzig ihr Rücken schmerzte derart, dass es Fred Sorgen bereitete. Das nachdrückliche Stechen ließ sie vermuten, dass es sich doch um etwas mehr als eine Prellung handelte, eine angeknackste Rippe vermutlich. Egal, ihre Beine waren in Ordnung und die würde sie brauchen.

Zunächst raste Lars nur planlos und in waghalsiger Manier los, bretterte über Schotterstraßen, holperte über Waldwege, ständig in der Erwartung, die vertrauten Umrisse des Geländewagens vor sich auftauchen zu sehen. Sein Gedärm rebellierte als Nachwirkung des verabreichten Schlafmittels, aber er konnte und wollte sich keine Pause gönnen. Erst nach einer Stunde gestand er sich ein, dass sein Unterfangen vollkommen sinnlos war. So wäre es ein Wunder, wenn er den Älteren überhaupt je entdeckte, und dann konnte es längst zu spät sein – er musste nachdenken. Lars hatte ohnehin keinerlei Idee, was er eigentlich tun sollte, wenn er ihn tatsächlich aufspürte, doch darüber konnte er später immer noch entscheiden. Irgendwann blieb er am Straßenrand stehen, ließ verzweifelt die Stirn aufs Lenkrad sinken und spürte, wie ihm Tränen den Hals zuschnürten. Er wusste nicht mehr weiter.

Nach einer Weile gelang es ihm, sich wieder zu sammeln, er schalt sich selbst einen Schlappschwanz und wurde wütend. Ohne zu zögern, schlug sich Lars zweimal mit der flachen Hand kräftig ins Gesicht und merkte, wie seine brennenden Wangen ihm halfen endgültig die Fassung wiederzuerlangen.

Dann nahm Lars die Straßenkarte zur Hand, die er geistesgegenwärtig eingesteckt hatte. Er musste sich konzentrieren, dann hatte er eine Chance. Denn er kannte den Älteren gut, war mit fast jeder Facette seiner Denkweise vertraut. Oder? Egal, Zweifel nutzten ihm nun nichts. Er wollte auch nicht darüber nachdenken, dass der Andere vielleicht sicherheitshalber kurzen Prozess mit dem Mädchen gemacht und es längst umgebracht haben könnte. Lieber ging er davon aus, dass er Fred betäubt und nicht bereits getötet hatte, sie in diesem Moment irgendwo verscharrend. Dass es ihm trotz allem noch um eine Jagd ging. So oder so würde sein Mentor keine zu langen Strecken mit seiner unfreiwilligen Passagierin riskieren und keinesfalls das Tempolimit überschreiten.

Lars fischte einen Stift aus dem Handschuhfach und zog energisch einen Kreis mit dem Hostel als Ausgangspunkt. Weiter konnte der Ältere seiner Meinung nach in diesem Zeitraum nicht gekommen sein. Er würde ein einsames Waldgebiet suchen, wie gewohnt. Dummerweise gab es in Västerbotten haufenweise weitläufige Wälder, so auch um ihren Standort herum. Doch die Bundesstraße würde der Andere aller Wahrscheinlichkeit nach ebenfalls meiden und sehr viele Routen blieben dann eigentlich nicht mehr übrig. Sorgfältig markierte Lars die Gebiete, die ihm groß genug für eine

Jagd erschienen. Dann holte er noch einmal tief Luft und startete den Wagen - ein wenig ruhiger dieses Mal.

Fred spürte, wie ihr Körper sich langsam entkrampfte und sie wieder klar denken konnte. Der Ältere hatte sie entführt und wollte sie vergewaltigen und töten. Warum, wusste sie nicht, doch das musste sie nun eben akzeptieren, je schneller, desto besser. Zumal sie ahnte, dass er das nicht zum ersten Mal tat. Die blutigen Stiefel, die Waffen, sein verschlossenes Verhalten – sie war ganz bestimmt kein zufälliges Opfer.

Ob Lars wohl etwas davon wusste? Oder nein, umgekehrt – war es möglich, dass er nichts davon gemerkt hatte? Dass er nicht damit einverstanden war, was der Mann ihr nun antun wollte? Oder umgekehrt, sogar irgendwo wartete, um sich daran zu beteiligen? Die Vorstellung war noch viel schlimmer als alles bisher. Unwillkürlich begann sie zu beben und ob es nun an den Drogenresten, der Anspannung oder dem Kummer lag, sich so sehr in den beiden Männern getäuscht zu haben – sie schluchzte wie ein Kind. Erst nach einer gefühlten Ewigkeit vermochte sich Fred wieder zu beruhigen. Sie konnte sich nicht daran erinnern, wann sie zum letzten Mal so heftig hatte weinen müssen. Nicht einmal Christophs und Susannes Verrat hatte sie zu solchen Tränen gerührt. Vielleicht, weil sie sich damals, im Gegensatz zu diesem Mal, zwar nicht eingestanden, aber durchaus schon lange gewusst hatte, dass ihr ein böses Ende bevorstand.

Im Augenblick hatte die Frage, wie es nun weitergehen sollte, allerdings deutlich höhere Priorität – für Tränen würde hoffentlich später noch Zeit sein. Fred war klar, dass der Mann sie nicht würde laufen lassen können und soweit sie ihn kennengelernt hatte, hielt sie ihn für akribisch, ja sogar pedantisch und unerbittlich. Vielleicht war sie für den Moment in Sicherheit, aber er würde sie suchen und sie ahnte, dass er dabei vollendet gründlich vorgehen würde. Unsicherheit schien ebenso wenig zu seinem Repertoire zu gehören wie Schlampigkeit. Er würde zweifelsohne alles daran setzen, sie zur Strecke zu bringen. Zumal ihr schmerzhaft bewusst wurde, dass sie keinen blassen Schimmer hatte, wo sie sich befand, er dagegen schon. Auf jeden Fall musste es ihr irgendwie gelingen, sich bis zur nächsten Straße vorzukämpfen, denn dort könnte sie vielleicht ein Auto anhalten. Bloß wohin musste sie sich dazu wenden? Auf dem Rückweg würde er lauern – oder würde er sie umrunden und woanders warten? Oder sich genau vor eben jener nächsten Straße postieren, um ihr dort eine Falle zu stellen? Sie wusste es nicht, und jede Richtung schien ihr so gut wie die andere.

Immerhin war es mittlerweile hell genug, als dass sie die Landschaft um sich herum erkennen konnte – locker stehende Birken und Kiefern auf steinigem Boden. Aber besonders hilfreich war das nicht. Und natürlich gab es kein Zeichen von Zivilisation weit und breit, nicht einmal Strommasten, denen sie hätte folgen können. Vorwarnungslos unterbrach ein ohrenbetäubendes Krachen ihre Überlegungen. Verstörte Vögel flogen in den Wipfeln auf, ihrem Unmut über die jähe Störung heftig schimpfend Ausdruck verleihend. In Freds Ohr klingelte es, die Rinde am Stamm neben ihrem Kopf hing in Fetzen herab und sie rannte los, ohne sich umzudrehen.

Ungeduldig trat Karl von einem Fuß auf den anderen. Da die Verdächtigen nicht anzutreffen gewesen waren, hatte der Einsatzleiter eine sternförmige Suche angeordnet. Doch nun warteten sie seit gut zwei Stunden auf die Hundestaffeln, die aus verschiedenen Landesteilen anreisen mussten, teils sogar eigens eingeflogen wurden. Denn der Ernst der Lage und die Größe des Gebiets überforderten die örtlichen Kräfte bei Weitem. Und ohne Hunde, so die einhellige Meinung, hätten sie keine Chance die Gesuchten in dem extrem weitläufigen und teils schwer gangbaren Areal überhaupt zu finden. Ganz bestimmt jedoch nicht rechtzeitig.

Die einzige verschwindend kleine Hoffnung bestand zurzeit darin, wenigstens den Wagen vom Hubschrauber aus zu orten, denn dessen Kennzeichen hatten die Männer bei der Ankunft im Hostel angeben müssen. Sollten die Verdächtigen das Auto jedoch gewechselt haben, oder zu Fuß unterwegs sein, würde auch das in eine Sackgasse führen. Sowieso schien das Leben der jungen Frau, wenn sie sich denn wirklich bei ihnen befand und außerdem noch lebte, auf Messers Schneide zu stehen. Karl jedenfalls empfand die Situation – so nah dran und doch so hilflos zu sein – als die frustrierendste überhaupt in seinem bisherigen Berufsleben. Die ungewohnte, monatelange Arbeit wurde ihm plötzlich schmerzhaft bewusst, und nun sehnte er sich, nein, er gierte nach Belohnung dafür! Noch nie war er in einen Fall so sehr emotional involviert gewesen. Und noch nie hatte er es mehr gehaßt, als tumber Nichtsnutz bloß daneben zu stehen, um darauf zu warten, dass endlich irgendetwas geschah.

## 15

Lars hätte sich vor lauter Erleichterung beinahe in die Hosen gemacht, als er den dunklen Geländewagen am Straßenrand entdeckte. Er bremste scharf, rannte kopflos darauf zu und stellte zu seiner bodenlosen Enttäuschung fest, dass das Auto leer war. Wobei das vielleicht auch besser so war – denn im zweiten Moment wurde ihm bewusst, wie planlos und dumm er gerade agiert hatte. Er musste klüger sein als der Ältere, erinnerte er sich selbst, und das würde sicherlich nicht einfach werden. Denn sein Mentor hatte nie Zweifel an seiner intellektuellen Überlegenheit gelassen und Lars umgekehrt nie Grund zu einer anderen Überzeugung gehabt. Nun würde er sich mehr anstrengen müssen als jemals zuvor in seinem Leben.

Also trabte er zurück zum Auto und starrte eine Weile auf die Karte. An dieser Stelle verlief kein Weg und er hatte auf Anhieb auch keine Spuren im Gebüsch erkennen können – was bei dem dichten Pflanzenwuchs allerdings auch kein Wunder war. Trotzdem wirkte es eigenartig auf ihn. Es passte nicht zum Älteren, er hätte nie einen derart exponierten Ort ausgewählt, sondern mindestens den Wagen in irgendeinem Wirtschaftsweg verborgen. Das konnte, mit viel Glück, heißen, dass Fred ihm auf irgendeine Art entwischt war. Vielleicht lief sie genau jetzt durch die Wälder, verzweifelt, allein und ihm ausgeliefert. Die Vorstellung würgte Lars in der Kehle. Trotzdem zwang er sich, sich einzig auf das vor ihm liegende Problem zu fokussieren und zu überlegen, wohin die beiden genau unterwegs sein könnten. Schließlich entschied er sich, das Gebiet zu umfahren und ihnen von der anderen Seite entgegen zu gehen. Dann würde er seinen Mentor überzeugen, sie gehen zu lassen und gemeinsam zu fliehen. Egal wie. Bloß wie exakt er den Anderen in der Wildnis finden sollte ... er hatte keine Ahnung.

Fred lief, als sei ihr der Teufel höchstpersönlich auf den Fersen. Und in gewisser Weise stimmte das ja auch: Er jagte sie wie Vieh, wie ein verängstigtes Kaninchen über Stock und Stein, das wusste sie nun. Es war unzweifelhaft, dass ihn das anmachte. Denn dass er unbeabsichtigt daneben geschossen hatte, das passierte jemandem wie ihm nicht, davon war sie absolut überzeugt. Neben der Panik war sie unfassbar traurig. Die Gewehre und all die Ausrüstung ... das konnte Lars einfach nicht vollkommen verborgen geblieben sein. Selbst, wenn er wirklich eine Zeit geglaubt haben sollte, dass sie nur Tiere jagten. Er musste weggesehen und es geduldet haben. Falls er nicht sogar mitgemacht hatte. Fred weinte im Lauf.

Irgendwann aber riss sie sich zusammen, schon, weil die Heulerei sie wertvollen Atem kostete. Es nutzte ja nichts, sie musste zusehen, dass sie sich rettete, ganz egal, was Lars für ein Unmensch war, sie durfte nicht darüber nachdenken – nicht jetzt! Doch trotz des hehren Vorsatzes zwang sie bald intensives Seitenstechen, erneut stehen zu bleiben. Sie lief scheiße, stellte sie selbstkritisch fest – das konnte sie besser. Keuchend lehnte sich Fred mit dem Rücken an einen Baum und entdeckte ein kleines Rinnsal, das schräg neben ihr über einige Steine plätscherte. Ohne zu zögern ging sie auf die Knie und sog gierig das eiskalte Wasser ein.

Lange währte die Ruhe allerdings nicht. Denn kaum hatte ihr Herzschlag langsam wieder normale Frequenzen angenommen, glaubte sie, es hinter sich knacken zu hören. Panisch fuhr sie hoch, blickte sich um, konnte jedoch nichts entdecken – der Wald selbst schien ihr in seiner Undurchdringlichkeit plötzlich zum Feind geworden zu sein. Außerdem trug der Mann vielleicht Tarnkleidung, möglicherweise konnte sie ihn nicht einmal entdecken, wenn er nur wenige Meter hinter ihr gestanden hätte! Verängstigt presste sich Fred an den nächsten Stamm und krallte geduckt die Hände in die Rinde. Er war immer noch da, zäh und gnadenlos wie eine Hyäne auf der Pirsch. Sie fühlte sich wie eine hilflose Beute, die mit schaudernder Flanke auf ihr blutiges Ende wartete. Vorsichtig und mit angehaltenem Atem lauschte Fred in alle Richtungen und entdeckte dabei unerwartet einen schmalen Pfad. Augenblicklich glomm Hoffnung in ihr auf: Wo ein Weg war, war auch eine Straße, ein Parkplatz, ja vielleicht sogar eine Siedlung an dessen Ende. Da stand sogar ein kleines, verwittertes Holzschild: „Gime...", den Rest konnte sie nicht lesen. Egal, wo ein Schild war, waren auch irgendwo Menschen, oder?

Doch im selben Moment glaubte sie erneut etwas rascheln zu hören, einen Schritt vielleicht, ein brechendes Stöckchen, einen Körper, der sich durchs Unterholz quetschte? Diesmal versuchte Fred, nicht gleich in Panik zu geraten, warf stattdessen nur einen kurzen Blick über die Schulter, spähte zwischen den endlosen Kiefern hindurch. Da war nichts. Sie bildete sich das ein. Fred atmete noch einmal tief durch und joggte ruhig los. Wenn sie etwas war, dann sportlicher als er, das war ihr Trumpf, denn das konnte er nicht wissen – sie hatte ihre Begeisterung für das Laufen den beiden Männern gegenüber nie erwähnt. Also gab sie sich nun Mühe, nicht zu rennen, sondern ein Tempo zu wählen, das sie möglichst lange würde durchhalten können. Wie früher konzentrierte sie sich auf nichts außer ihren Schritten und ihrem Puls, vergaß alles um sich herum, bis sie das Gefühl hatte ihr Körper funktioniere wie eine einzige, perfekte Einheit. Freds Füße schlugen im Stakkato auf den Boden, in gleichmäßigem Takt wie eine Maschine und zum ersten Mal, seit sie sich vor knapp zwölf Stunden zu ihren Schuhen hinabgebeugt hatte, hatte sie keine Angst.

Eine weitere Höllenfahrt mit dem athletischen Sondereinsatzkommandoler später stand Karl mitten auf der Straße und fragte sich, wie es nun weitergehen sollte. Um ihn herum herrschte rege Geschäftigkeit, Uniformierte hüpften eifrig über den Asphalt, Hunde hechelten in ihren Geschirren und erste Journalisten schulterten gierig ihre Kameras. Einer von ihnen stocherte seiner Chefin wenige Meter entfernt mit einem Mikro geradezu in der Nase herum. Sie sah nicht allzu glücklich aus und er empfand eine gewisse Schadenfreude. Trotzdem: Jeder um ihn herum war schwer beschäftigt – außer Karl. Ausnahmsweise kein gutes Gefühl. Über ihnen zog der Helikopter nach wie vor stoisch knatternd seine Kreise, diesmal mit Wärmebildkamera, aber hoch genug, um die Verdächtigen nicht zu alarmieren. Die Sonne versuchte einen schüchternen Vorstoß durch die Wolkendecke, unbeeindruckt von dem Trubel, doch der Regen gewann vorerst das Duell.

Am liebsten wäre Karl einfach losgelaufen, losgefahren, egal, Hauptsache irgendetwas tun. Geistesabwesend blickte er an sich herab. Immerhin, der Trend der letzten Monate hatte sich fortgesetzt. Natürlich ließ die Schwerkraft in ihrem unheiligen Bündnis mit dem Lauf der Zeit seinen Körper weiterhin an geschmolzenes Wachs erinnern. Aber er war fast ein wenig stolz auf sich gewesen, als er festgestellt hatte, dass er den Gürtel mittlerweile zwei Löcher enger schnallen konnte. Seinen Arzt hätte es sicherlich gefreut.

Nach einer Zeitspanne, die seiner Meinung nach genügt hätte, um einer Nacktschnecke eine gemächliche Weltumkriechung zu ermöglichen, geschah endlich etwas. Die Sondereinsatzkommandos hatten mittlerweile das gesamte, riesige Gebiet umstellt und würden nun gleichzeitig ins Innere vordringen, um es systematisch zu durchkämmen. In regelmäßigen Abständen war ihnen außerdem eine Hundestaffel zugeteilt worden – sobald eine von ihnen Witterung aufnahm, würde das den Prozess erheblich beschleunigen. Denn was sie im Grunde am wenigsten hatten, war Zeit. Er hängte sich ungefragt an seinen Fahrer, der ihn zwar irritiert ansah, sich jedoch nichts zu sagen traute, da Karl ihm zumindest nominell vorgesetzt war. Er musste innerlich kurz grinsen: Ein alter Sack zu sein, hatte halt manchmal doch seine Vorteile. Stattdessen bedeutete ihm der Schwarzgekleidete nur mit einer stummen Handbewegung, sich hinter ihm zu halten.

Ganz langsam hatte Fred das Gefühl, die Kontrolle wiederzuerlangen. Übelkeit und Schwindel ließen nach, sie hatte ihren Laufrhythmus gefunden. Sie befand sich auf einem Pfad und wenn sie nicht nachließ, würde sie bald in Sicherheit sein, an dieser Vorstellung klammerte sie sich unbeirrbar fest.

Doch kaum war es ihr gelungen, sich selbst einigermaßen davon zu überzeugen, musste sie abrupt stoppen: Direkt vor ihr eröffnete sich mit einem Mal eine Spalte im Erdboden, ein tiefer, urtümlich anmutender Riss mitten in der Landschaft – um ein Haar wäre Fred über die Kante getreten. Sie hatte keine Ahnung, was sie da vor sich sah, es musste sich um eine Art natürlichen Graben oder Kanal handeln, mindestens 25 Meter breit und ebenso tief. Am Grund war er wassergefüllt und zum größten Teil von Seerosen und Entengrütze bedeckt. Links und rechts schlossen sich schroffe, zerklüftete Wände aus anthrazitfarbenem Felsen an. Es war ein traumhaft schöner, beeindruckender Anblick, der sie kurz gefangen nahm, bevor sie sich wieder ihrer aktuellen Situation entsann.

Im nächsten Moment spürte sie erneut Panik in sich aufsteigen, ein drohendes, intensives Gefühl, das in ihrem Zwerchfell begann und ihr die Rippen mit eisernem Griff zu zerquetschen suchte. Zum ersten Mal fragte sie sich, ob der Weg wirklich irgendwohin führen würde und wenn ja, in welcher Entfernung dieses Irgendwo liegen mochte. Denn das hier sah einfach so wenig nach Zivilisation aus, wie sie es sich nur vorstellen konnte. Plötzlich fühlte sie sich vollkommen verloren in den riesigen Wäldern des noch riesigeren fremden Landes. Ihr war als sei sie der letzte Mensch, allein mit zwei psychopathischen Mördern, deren einziges Ziel darin bestand, sie zur Strecke zu bringen. Und gerade schlängelte sich der Steig nur noch als bloßer Trampelpfad an dem vor ihr liegenden Einschnitt entlang, dessen Ende sie in keiner Richtung erkennen konnte. Vielleicht führte er einfach ins Niemandsland der schwedischen Wildnis – sie hätte vor Verzweiflung erneut in Tränen ausbrechen können.

Fred lief trotzdem wieder los, war jedoch unaufmerksam, blieb mit dem Schuh an einer Wurzel hängen, knickte um und fiel. Keuchend vor Schmerz umklammerte sie ihren Knöchel, am Boden zusammengerollt wie ein Embryo. Erst nach Minuten gelang es ihr, sich aufzusetzen und den Schaden zu begutachten. Das fühlte sich ganz und gar nicht gut an. Zwar schien nichts gebrochen zu sein, aber mindestens die Sehnen waren überdehnt, ein dunkler Bluterguss breitete sich rasch aus und der Fuß begann bereits anzuschwellen. Energisch zog sie beide Strümpfe aus, band sie fest um den verletzten Knöchel und beeilte sich, wieder in den Schuh zu kommen, bevor jener zu dick dafür geworden war. Als Nächstes trat sie behutsam auf und begann nach einigen Schritten zu laufen. Fred war froh, als sie feststellte, dass es machbar war, wenn sie sich auch nicht mehr besonders schnell vorwärts bewegte.

Dann jedoch hörte sie den Schuss. Er war ein gutes Stück entfernt – glaubte sie wenigstens, es war bei dem Echo zwischen Bäumen und Klippen schwer zu schätzen – aber deutlich genug für eine Drohung. Sie war sich sicher, dass es auch genau das sein sollte. Er wollte sie nicht töten, noch nicht. Er spielte nach wie vor in aller Seelenruhe mit ihr, hatte einen Heidenspaß an ihrer Angst, fand Vergnügen daran, sie zu quälen. Der Hass, den sie in diesem Moment empfand, überraschte und überwältigte Fred beinahe. Trotzdem gab sie sich Mühe logisch nachzudenken. Sie musste ihn ablenken, irgendwie dafür sorgen, dass sie wieder einen Vorsprung erlangen konnte!

Dann fiel ihr Blick auf ihre rote Regenjacke und ein spontaner Gedanke durchzuckte ihr Gehirn. Fred hatte sie sich sowieso schon seit geraumer Zeit um die Hüften gebunden, denn es nieselte nur noch ganz sacht und war längst zu warm dafür – beim Laufen störte das schlabberige Textil ohnehin nur. Also suchte sie sich eine Stelle, an der die Felsen weniger steil waren und ließ sie sanft hinabgleiten. Sie schwebte kurz wie ein kleiner Fallschirm und verhedderte sich dann in einem struppigen Busch. Das sah doch aus, als wäre sie hinabgestiegen, um das Gewässer zu durchschwimmen und auf der anderen Seite ihr Glück zu versuchen, oder? An dieser Stelle öffnete sich der Graben zu einem breiten

See, das andere Ufer war ebenfalls etwas flacher, also war das nicht unrealistisch. Und das Ding leuchtete derart feuerrot, dass es unmöglich zu übersehen war. Fred betete, dass ihr Verfolger darauf hereinfallen würde und lief erneut los.

Es dauerte allerdings keine fünf Minuten, bis sie die nächste Pause einlegen musste. Nach wie vor setzte ihr die unbekannte Droge zu, gemeinsam mit den Verletzungen, dem langsam aber sicher zunehmenden Unterzucker und der Tatsache, dass sie nun bereits gute vier Stunden lief, war ihre Grenze nahezu erreicht. Ihr Körper drohte mit Kapitulation, ihre Beine schlotterten unkontrolliert. Eine Zeit lang klammerte sie sich an einem Birkentrieb fest, um das Gleichgewicht zu wahren. Kurz war Fred schwarz vor Augen und sie sah ihr Ende nahen. Außerdem musste sie mal. Zunächst ließ sie vorsichtig hinter einem Busch die Hosen herunter, um zu pinkeln, begleitet von dem abwegigen aber unangenehmen Gedanken, dass sie dabei jemand anstarren könnte – so hilflos und entblößt. Ihr war nicht bewusst, dass der Ältere, als passionierter Jäger, genug Erfahrung hatte, um es später zu riechen, und sie daher ungewollt eine überdeutliche Spur hinterlassen hatte.

Immerhin fühlte sie sich danach ein wenig besser, atmete noch einmal tief durch und begann eisern erneut zu laufen. Fred hatte in ihrem Leben lange und hart genug trainiert, um zu wissen, wie sie ihre Muskeln auch dann noch weiter belasten konnte, wenn sie den Punkt totaler Erschöpfung eigentlich schon überschritten hatte. Trotzdem, ihr war klar, dass das Ende dieser Hetzjagd nun absehbar war.

Karl hatte erhebliche Mühe, dem Typ vom Sonderkommando zu folgen. Der lief vor ihm über Stock und Stein, als wandele er auf einem Golfplatz. Vermutlich hatte er Waldläufer, Samen, Indianer oder was-wusste-Karl-sonst als Vorfahren – nicht einmal seine Stirn war feucht! Er selbst dagegen stampfte ächzend wie ein Nilpferd hinterdrein, längst nass von Schweiß, der ihm in dicken Perlen Gesicht, Nacken, Rücken und Brust herablief und alles durchweichte. Seine ganze untrainierte, monumentale Körpermasse war nur noch unter asthmatischem Keuchen und erheblichem Protest zu jedem weiteren Schritt zu bewegen. Immerhin traute sich der Schwarzgekleidete, seinen Dienstgrad bedenkend, nicht, einen Kommentar zu seiner mangelnden Fitness abzugeben, was Karl irgendwie tröstete. Seine Verachtung war allerdings trotzdem spürbar. Zudem merkte Karl, dass er früher oder später seine Niederlage vor den physischen Zwängen würde eingestehen müssen. Vermutlich eher früher. Und er hasste sich jetzt schon dafür. So kurz vorm Ziel!

Also versuchte er, sich selbst zu motivieren: Komm, noch zehn Schritte. Noch bis zu dem Baum da drüben, dann geben sie bestimmt endlich die erlösende Nachricht durch. Insgeheim schwor er sich außerdem, dass er irgendetwas Schönes tun würde, wenn das hier überstanden war. Denn das hatte er sich bitter verdient. Es mochte eine Schnapsidee sein, aber zuhause würde er den Kleinen – Josch – zu irgendetwas einladen. Zum Essen vielleicht, oder ins Kino. Was auch immer er sich wünschte. Dazu würde Karl sich eine Flasche von dem richtig teuren, schottischen Whisky gönnen, den er sich sonst nur zu Weihnachten oder an seinem Geburtstag leistete. Er musste unbedingt etwas wirklich Nettes tun, wenn diese absurde Episode seines Lebens vorüber war.

Lars hatte auf der Karte einen kleinen Wanderweg entdeckt, den er ausgewählt hatte – im Grunde war er so gut wie jede andere Route. Ihm war klar, dass es einem schieren Wunder gleichkommen würde, wenn er auf einen der beiden traf. Zum zweiten und letzten Mal im Leben brauchte er ein Wunder. Vielleicht war es ihm diesmal vergönnt.

Abgesehen von dem Gewehr, das er in einem selbst gefertigten Schultergurt aus stabilem Leinen und Leder auf dem Rücken trug, hatte er nichts bei sich. Es würde nichts mehr geben, dass er benötigte. Plötzlich war er dankbarer als je zuvor für die hohen Ansprüche an Disziplin und körperliche Fitness, die der Ältere stets gesetzt hatte. Während er lief, war sein Kopf vollkommen leer, doch er konnte spüren, wie die Gedanken darunter immer schneller rasten, einem außer Kontrolle geratenen Atomreaktor gleich. Ohne sich dessen wirklich bewusst zu sein, schloss er innerlich mit allem ab. Denn gleichgültig wie das hier ausging, die Entscheidungen, die er nun traf, würden unwiderruflich sein. Nichts würde mehr so sein wie vorher.

Und dann sah er sie vor sich, so unvermutet, dass er heftig erschrak. Fred stand mitten auf dem Weg, mit dem Rücken zu ihm und rührte sich nicht. Eine Welle unbekannter Zärtlichkeit überkam ihn, zusammen mit dem intensiven Wunsch, sie zu beschützen, koste es, was es wolle. Vielleicht sogar ihr Held zu sein. Doch gleichzeitig dachte Lars an all das, was er mit seinem Mentor erlebt hatte. Wie sehr ihn dieser gefördert hatte, wie wichtig er ihm war und wie enorm er zu ihm aufsah. War es das wert? Sein Herz schien schier zu platzen.

Noch hatte sie ihn nicht entdeckt, dafür wurde er nun des Älteren gewahr, der vielleicht 50 Meter weiter auf einer Anhöhe stand, das Gewehr im Anschlag. Ihm galt ihre ganze Aufmerksamkeit. Wie paralysiert nahm Lars die eigene Waffe zur Hand, machte dabei vielleicht ein Geräusch, das sie bewog, sich umzudrehen. Sie blieb stumm. Doch ihre Miene, changierend zwischen Überraschung, Verzweiflung und nackter Panik, schien ihn anzuflehen. Lars hatte diesen Gesichtsausdruck schon oft gesehen, aber dieses Mal fuhr er ihm bis ins Mark. In genau dem Augenblick sah sie wunderschön aus, verschwitzt, verheult, einfach perfekt. Er musste eine Entscheidung treffen, egal welche.

Unwillkürlich spürte er, wie ihm Tränen über die Wangen rannen. Er sah unvermutet Katharinas süßes Gesicht vor sich, den erwartungsvollen Ausdruck, wenn sie zu ihm aufblickte, voller Vertrauen. Für einen winzigen Moment war er sich ganz sicher, ihr fröhliches Kichern zu hören, und ein kleines Lächeln stahl sich auf seine Lippen. Dann schloss Lars die Augen und zog ohne weiteres Zögern den Abzug durch.

In dem Moment, in dem Fred das Räuspern hörte, war ihr erster Gedanke „Er ist doch nicht darauf hereingefallen." Unmittelbar danach wurde ihr klar, dass er bewusst einen Laut von sich gegeben hatte, damit sie ihm in die Augen sah, wenn er sie abknallte. Dann erst brandete die Angst in ihr herauf und sie drehte sich auf wackeligen Marionettenbeinen um. Als sie den Älteren erblickte, war ihr bereits klar, dass sie verloren hatte. Da würde sie nicht mehr rauskommen. Gleich, was sie tun würde, ob sie sich auf den Boden werfen oder Zickzack laufen würde, er würde sie kriegen, es gab kein Entrinnen mehr. Er war viel zu nah, niemals würde er sie jetzt noch verfehlen, was sie auch versuchen sollte. Sekunden, die ihr wie eine Ewigkeit vorkamen, blickte Fred wie erstarrt in sein regungsloses Gesicht, versuchte wortlos Gnade darin zu finden und wusste gleichzeitig schon, dass sie scheitern würde.

Ihr ganzer Leib schien zu erschlaffen, kein Muskel war mehr zu irgendeiner Reaktion fähig, als sie ein metallisches Klicken hinter sich vernahm. In Zeitlupe drehte sie den Kopf und sah in Lars' vertraute Augen. Er zielte ebenfalls auf sie und Fred begriff, dass sie nun endgültig in der Falle saß, nicht mehr die geringste Chance hatte, ihrem Schicksal zu entgehen. Lars also auch. Als ob das noch einen Unterschied gemacht hätte, erkannte sie bitter, wandte sich wieder ab und harrte ergeben des Kommenden. Ein scharfer Knall erklang und sie spürte, wie ihre Knie nachzugeben drohten. Es tat gar nicht weh, dachte sie erstaunt und erleichtert. Und dann erkannte sie schlagartig, dass dem Älteren ein Rinnsal Blut über die Brust lief. Er stand noch, doch aus dem Rinnsal wurde ein wahrer Fluss, unaufhaltsam strömte es aus ihm heraus. Noch während er mit verblüfftem Gesichtsausdruck zusammensackte und, das Antlitz voran, in einem Farn seine letzten Atemzüge aushauchte, erschütterte ein zweiter Knall den stillen Forst.

Als der SoKoler ihn unvermittelt heftig vor die Brust stieß, wollte Karl eigentlich etwas Empörtes von sich geben – auch wenn er nicht genau wusste, was das konkret hätte sein sollen. Doch er hatte gerade erst tief Luft geholt, als er den Grund des rüden Stopps entdeckte. Direkt vor ihnen bot sich ein bizarres Szenario dar: Ein Mann stand mit erhobenem Gewehr auf dem kleinen Waldweg, davor ein augenscheinlich schockiertes, blondes Mädchen, auf das er zielte – sie hatten sie gefunden. Noch bevor irgendjemand von ihnen etwas tun konnte, ertönte ein Schuss. Der Schwarzgekleidete neben ihm hatte keine Wahl, nicht einmal genug Zeit für einen Funkspruch, wollte er das Schlimmste verhindern. Denn ein zweites Mal würde der junge Mann das Mädchen sicherlich nicht verfehlen. Also schoss er ebenfalls.

# Epilog

Fred lächelte, als sie hinausblickte. Sie musste fast immer lächeln, wenn sie die Beete und Felder betrachtete. Klar, es hatte viel mühsame Arbeit bedeutet, die Anpflanzungen zu erneuern und das Gebäude zu renovieren – um genau zu sein, stand ihr das Gros sogar noch bevor. Doch trotz der Schufterei auf dem alten Fachwerkhof war sie zum ersten Mal, seit sie denken konnte, jeden einzelnen Morgen, an dem sie aufwachte, einfach nur zufrieden. Mit etwas Glück würde hier in nicht allzu langer Zeit ein gemischter biolandwirtschaftlicher Betrieb mit einigen Fremdenzimmern entstanden sein. Denn was sie in Schweden kennengelernt hatte, hatte ihr gut gefallen. Schon deshalb war sie abends immer noch motiviert genug gewesen, um ihre Masterarbeit fertig zu schreiben. Natürlich hatten die 75.000 Euro, die die Schweden ihr damals zugestanden hatten, durchaus dabei geholfen. Auch die Bank hatte sich, angesichts ihres Vorhabens, bei der Kreditvergabe erstaunlich spendabel gezeigt.

Eigentlich war die Belohnung für Hinweise zur Ergreifung der beiden Täter ausgesetzt gewesen, doch der Herbergsbesitzer und die dortigen Behörden waren sich einig gewesen, dass sie sie verdient hatte. Fred hatte nicht lange gezögert, als ihr klar wurde, dass sie sich damit ein traumhaft schönes, uraltes Gut genau zwischen Schwerin und der Ostseeküste leisten konnte, ohne sich bis in alle Ewigkeiten zu verschulden. Der einzige Wermutstropfen blieben die Nächte, in denen sie schweißgebadet aufwachte, das Donnern des Schusses noch im Ohr, den metallischen Geruch des Bluts noch in der Nase. Doch sie wurden seltener, das war ihr ein Trost. Manchmal kam ihr fast unwirklich vor, dass es nun tatsächlich schon so lange her sein sollte – zugleich hatte sie oft den Eindruck, zwei völlig verschiedene Leben zu betrachten. Ab und zu erwischte sie sich sogar dabei anzuzweifeln, dass es überhaupt sie gewesen sein sollte, der all das geschehen war.

Vor knapp zwei Jahren hatte das noch ganz anders ausgesehen. Als der zweite Schuss gefallen und Lars vor ihren Augen zusammengebrochen war, war Fred nicht imstande gewesen irgendetwas zu tun, außer zu heulen. Selbst Stunden danach hatte sie sich nicht beruhigen können, saß schluchzend in eine Decke gewickelt in einem Mannschaftswagen und kam sich albern vor – der Schock saß tief. Auch jetzt noch war sie manchmal traurig und hätte es lieber gesehen, wenn er überlebt hätte. Ganz bestimmt hätte sie ihn im Gefängnis besucht, und wenn es auch nur gewesen wäre, um zu fragen, weshalb er so geworden war. Und weshalb er ausgerechnet sie verschont hatte. Denn sie wusste längst, wie entsetzlich hoch die Anzahl der bestätigten und um wie viel höher die der vermuteten Opfer war.

Aber dann dachte sie wieder, dass es besser so war. Jemanden wie ihn, der so wenig mit Menschen anzufangen wusste und dafür so gern draußen war, für den Rest seines Lebens hinter Gitter zu sperren, wäre grausam gewesen und hätte ja doch niemandem mehr etwas genutzt. Vielleicht war es gut, wie es war, und eben einzig akzeptable Möglichkeit gewesen. Sie hoffte jedenfalls, dass er seinen Frieden gefunden hatte.

Das Sonnenlicht warf verschlungene Muster auf die Tischplatte aus Eichenholz und schien mit dem kleinen, schwarzen, Gegenstand, der darauf lag, zu spielen. Gedankenverloren strich sich Fred durch die lange, blonde Mähne, bevor sie sie energisch in einem Zopfgummi zusammenfasste. Dann berührte sie behutsam die Kassette, die fast so etwas wie ein Glücksbringer für sie geworden war. Den Schlüssel zu diesem Schatz hatte sie erst nach Wochen durch Zufall im Kopffach ihres Rucksacks gefunden – vermutlich hatte Lars geahnt, dass höchstens einer von ihnen zurückkehren würde. Natürlich war sie neugierig gewesen und hatte sie einige Male angehört. Die Qualität war nicht allzu gut, die Stimme ein wenig blechern, aber nichtsdestotrotz zuckersüß. Sie hatte sofort gewusst, um wen es sich handeln musste.

Dabei war es gar nicht einfach gewesen, sie zu bekommen, denn eine Weile waren Polizei und Staatsanwaltschaft ihre stetigen Begleiter gewesen. Der Wunsch, die ungewöhnlich umfangreiche Mordserie bis ins letzte Detail aufzuklären, war vielen Behörden ein dringendes Anliegen gewesen. Nicht zuletzt auch aus Scham, Entsetzen und Verwirrung darüber, wie lange sie unentdeckt hatte bleiben können. Wenigstens im Nachgang wollte man alles richtig machen. Bis jetzt war noch immer nicht klar, wie viele Opfer es wirklich gegeben hatte. Mangels irgendwelcher Aufzeichnungen oder Zeugen waren mit an Sicherheit grenzender Wahrscheinlichkeit noch nicht alle Leichen gefunden worden. Und verhören ließ sich ja auch niemand mehr. Stattdessen versuchten sie also in mühsamer Kleinarbeit alle passenden Vermisstenanzeigen durchzugehen, mit der auf Schätzungen basierenden Route der beiden Mörder zu vergleichen und jedes relevante Waldgebiet abzusuchen. Eine Sisyphosarbeit für Monate und Jahre.

Zu ihrem Glück erkannte Fred in der Bundesrepublik niemand, denn das mediale Echo war im Nachhinein wesentlich geringer ausgefallen, als sie aufgrund des Presserummels zu Anfang befürchtet hatte. Hatte das Aftonbladet noch ein großes Porträtfoto von ihr abgedruckt, hatte es in den deutschen Medien nur ein winziger Artikel ohne Bild in eine einzige überregionale Tageszeitung geschafft, irgendwo auf den hinteren Seiten. Immerhin hatten ihr die Interviews noch einmal ein gutes Taschengeld eingebracht.

Den schwedischen Polizisten, der zu all dem überhaupt den Anstoß gegeben und ihr im Grunde genommen das Leben gerettet, oder zumindest dazu beigetragen hatte, hatte sie nur einmal sehr kurz getroffen. Sie schüttelten einander fotogen die Hände und wussten dann nichts mehr mit sich anzufangen. Ein wenig verlegen starrten beide auf ihre Schuhe und waren froh, als jemand nach ihnen rief. Danach sah Fred den Mann noch ein weiteres Mal im Fernsehen, als er eine Auszeichnung verliehen bekam. Er wirkte unbeholfen, zudem konnte auch das Make–up nicht verbergen, dass er stark schwitzte und sich nicht sonderlich wohlfühlte in dem gleißenden Kameralicht und unter all den Menschen. Da erging es ihnen anscheinend ähnlich. Rasch sagte er sein Sprüchlein auf und verschwand dann wieder – potthässlich, aber nicht unsympathisch, wie sie resümierte.

Im Nachhinein hatte Fred viel Ruhe gehabt, die gemeinsamen Zeit noch einmal zu überdenken. Natürlich war Lars ein Monster gewesen, das versicherte ihr jeder. Es sei eine Tragödie gewesen, dass sie ihm überhaupt je begegnet sei. Er hatte mit eigener Hand einige, mit hoher Wahrscheinlichkeit sogar Dutzende Menschen getötet, daran gab es keinen Zweifel mehr. Aber Fred bildete sich trotzdem ein, darunter gesehen zu haben, wenn auch nur kurz, und irgendwo in den Abgründen seiner Seele gleichzeitig einen lieben Menschen erkannt zu haben. In ihrem tiefsten Inneren konnte sie sich nicht helfen – sie hatte ihn wirklich gemocht, so oder so.

# Danksagung

Ich bedanke mich bei allen, die mich unterstützt haben – Gegenleser, Mutmacher, Meinungssager, Finanziers & meinen endlosen Ausführungen zu diesem und jenem Aspekt der aktuellen Geschichte-Zuhörer. Alle Recherchefehler, sprachlichen Katastrophen & Eigenwilligkeiten sind selbstverständlich auf meinen ganz persönlichen Mist gewachsen ...!

Außerdem danke ich der schönen rheinischen Gastronomieszene für Wein, Weib & Gesang (oder so) und so viele Einblicke in die menschliche Vielfalt, dass es für ein ganzes Schriftstellerleben genügt.

Und nicht zuletzt bedanke ich mich natürlich bei allen meinen Lesern! :-)

Mein größter Dank gilt jedoch meinem Mann, gleichermaßen penibelster Lektor, Quell endloser Allgemeinbildung und Fels in der Brandung. Insbesondere bedanke ich mich für die vielen Anregungen, unerschütterlichen Glauben an mich und Versorgung mit allerhand Nahrungsmitteln in langen Überarbeitungsnächten (ohne dich wäre ich vermutlich versehentlich verhungert!).

·